沖田 円

喫茶とまり木で待ち合わせ

実業之日本社

実業之日本社文庫

目次

Kissa Tomarigi de Machiawase

0話　きみのとまり木

なんとなく、その子のことが気になっていた。

四年生になって初めて同じクラスになった女の子。席は窓際の前から三番目で、休み時間にはそこでぶ厚い本を読んでいる。肩にかからないくらいのショートヘアで、前髪はちょっと長め。丈の短い長ズボンと首元のよれたトレーナーばかりを着ていて、二日続けて同じ服で登校していたこともある。

友達は、いないみたい。だって誰とも話している姿を見たことがないから。

ぼくもその子と喋ったことはない。同じクラスになってひと月も経つのに、たまに授業で当てられたときにしか声を聞いたことがないし、その子の笑った顔なんてたったの一度も見たことがない。

最初は、クラスのみんながその子のことを遠巻きに見ていた。近寄ることもなく、触れることもなく、檻の向こうの珍獣でも眺めるみたいに離れた場所から視線だけを向けていた。

少し経つと、誰もその子のことを気にしなくなった。まるでそこには何もないみたいに、その子に視線を向けることすらなくなった。

その子は教室にぽつんとひとり。自分から誰かに話しかけることもなく、いつだって俯いて、表紙の角が潰れた本を読んでいる。

誰もその子と喋らない。ぼくも喋ったことがない。

でもぼくは、本当は、その子と話してみたかった。なぜだかとても、その子のことが気になるから。

話してみたい。でも、話しかける勇気がない。

「それは、おまえ、絶対に話しかけなきゃ駄目(だめ)だろ」

どうしよう、と悩んでいて、ちょうどリビングにお兄ちゃんがいたから相談してみたら、お兄ちゃんは迷うことなくそう答えた。

中学一年生のお兄ちゃんは、ぼくよりもいろんなことを知っている。それに「おれは学校で女子からすごくモテてるんだ」といつも言っているから、女の子のことだって詳しいはずだ。お兄ちゃんの友達は「おまえの兄ちゃんがモテてるところなんて一瞬も見たことないけど」と言っていたけれど、ぼくはお兄ちゃんの弟だから、お兄ちゃんの言葉のほうを信じている。

「話を聞く限りその子はかなり大人しい子なんだろ。だったらもうこっちからぐいぐい行くっきゃねえんだよ。尻込みなんてすんじゃねえ。男なら」

「男なら？」

「いや関係ないな。たとえおまえが女でも、どっちでもなくても、気になってるなら話しかけなきゃ駄目だ」

「でも、なんか、話しかけづらいんだよね。無理に声かけて嫌な思いさせちゃったら嫌だし」

「馬鹿ちんが！」

急に大きな声を出したから、キッチンにいたお母さんがお兄ちゃんを叱った。お兄ちゃんは眉毛を八の字にしてへらへらとお母さんに謝っていたけれど、ぼくに向き直るときにはきりっとした表情に戻っていた。

「あのな、話しかけなきゃ嫌われもしない、その子にとっておまえはただのその他でしかないんだぞ。いいか、好きの反対は嫌いじゃなくて無関心なんだそうだ。どうとも思われてないよりは、嫌われたほうがずっとましだろうが」

「そうなのかな」

「そうに決まってる。おれなら当たって砕ける」

「砕けるのかあ」

お兄ちゃんの言っていることは正直よくわからなかった。嫌われるのは嫌だ。砕けたくもない。嫌われるくらいなら、なんとも思われていないほうがましだってぼくなら思う。

だけど、行動しなければ仲良くなることもできないってことには気づいた。

ぼくは、次の日の学校で、その子に話しかけてみることにした。

「何を読んでるの？」

初め、その子はぼくが話しかけていることに気づかなかった——目の前で話しかけていたのに、だ。だからその子の席の横にしゃがんで、机に腕を乗せて、その子の顔を見ながらもう一度訊いた。

「ねえ、いつも何を読んでるの？」

その子はようやくぼくに気づいたみたいだ。前髪に隠れた目を丸くして、ぼくの顔をじっと見ていた。

同じ質問をいつも遊ぶ奴らにしたら、あっという間に返事が来るはずだ。でもその子からはすぐには答えは返ってこなかった。その子は何度も瞬きをして、口も閉じたり開いたりして、なんというか、とても、驚いているみたいだった。

たぶん、喋るまでに、心の準備を整える時間が必要なのだろう。ぼくが、このひと言を話しかけるためだけにたくさん悩んで迷ったみたいに。

大きな黒目がいろんなところを向いて、そのうちぼくに戻ってきた。肩が上がったから息を深く吸ったのがわかった。

小さな唇が、何かを言おうとして開く。

「春海(はるみ)!」

呼ばれてつい振り返ってしまった。友達がちらと横に視線を向けて、それからぼくの腕をぐいと引っ張る。

「何してんだよ、ドッジしに行こうぜ!」

「あっ、うん。少し待って」

「みんなもう外行ってるよ。ほら早く」

「え、ちょっと」

慌てて振り向いたけれど遅かった。その子は俯き、髪で顔を隠してしまっていた。もうぼくを見ることも、喋ってくれることもないのだとわかる。失敗した。やってしまった。ぼくはひどく落ち込んで、その子に話しかける勇気をすっかりしぼませてしまった。

それから何日か経ち、ようやく気持ちが沈む時間がなくなってきた頃、放課後に友達と遊んだあとの帰り道で、ぼくはなんとなくいつもと違う道を歩いた。いつもなら真っ直ぐに行くのを、今日は、できたばかりのお洒落(しゃれ)な花屋さんのところで左に曲がり、細い道のほうへと入ってみることにしたのだ。

お母さんから「危ないからひとりのときは人通りの多い道を通りなさい」と言われていて、だからこの路地を通ったことはなかった。でもここを行けば近道だってお兄ちゃんが教えてくれたから、一度通ってみようと思っていたのだ。

表の通りと違って新しくない建物がぎゅうっと並んでいる。その間の細い道を、アスファルトのひび割れを跨ぎながら歩く。

ぴたりと、電池が切れたロボットみたいに足を止めた。まだ路地の途中だった。ぼくは口をぽかんと開けて、通りの左側にあるお店の、ガラスの向こうにいた人を見ていた。

隣の椅子にランドセルを置いて、ぶ厚い本を読む女の子。あの子だ、と気づいたとき、少しの嬉しさと変な緊張とで心臓がばくりと跳ねた。教室でいつも見ていた横顔だ。けれどなぜだか少し違う気もする。何が違うんだろう。わからない。

ぼくは、通り過ぎることも、中に入ることもできずに、見つけたその子の姿をガラス越しに見つめていた。

遠くでパトカーのサイレンが聞こえて、聞こえなくなる。ぼくは「あ」と声を上げた。

誰かに話しかけられたのだろうか……顔を上げたその子が、ぼくの見たことのない表情を浮かべたから。

笑った。と、ぼくは心の中で呟いた。

学校ではその子の笑った顔は一度だって見たことがない。もしかしたら笑い方を知らないんじゃないかと思ったこともあったけれど、そうじゃない。笑わないだけなんだ。本当は、あんなにも自然に笑えるのに。

ぼくは視線を上に向ける。昔は綺麗な白だったのかもしれないコンクリートの壁に『喫茶スリー』という文字の看板が付いている。

お店の中にはその子と、もうひとり別の席にお年寄りのお客さんがいて、店員さんは太ったおばさんがひとりいるだけだった。

外から中を見ていたら、ふいにおばさんと目が合った気がした。ぼくは慌てて目を逸らし、走ってその場を離れた。

次の日も、学校ではその子はいつもどおりで、誰とも話さないし、笑いもしない。もしかしてあれは別の人だったのだろうか、と思ったぼくは、遊んだあとの帰り道で、また喫茶スリーの前を通ってみた。店の中にはやっぱりその子がいて、学校では決して見せない顔をしていた。次の日も、その次の日も。知らなかったその子の姿を、ぼくは遠くから眺めていた。

そんなふうに、ちょっとかっこ悪い毎日を送るようになって二週間が過ぎたとき、当然のように喫茶店のある路地に入っていくと、お店の前で花の世話をしているおばさんと出くわしてしまった。スリーの店員のおばさんだ。ぼくは、今日ばかりは立ち止まらずに、店内に目を向けることもなく、そそくさとおばさんの横を通り過ぎた。けれど。

「あら、ボク、いつも外から見てる子じゃない」

声をかけられ、心臓が飛び跳ねるのと同時に両足を止めてしまった。体中からどばりと汗が出る。

「いつもあの子のこと見てるでしょ。もしかして、好きなの?」

茶化すような声に、ぼくはぎこちない動作で振り返った。おばさんの表情にはぼくを怪しんでいる様子はない。

「ク、クラスメイト、なんです。何してるのかなと、思って」

知らないと言って逃げることも考えたけれど、正直に答えることにした。おばさんは「あら、そうだったの」と言って、目の横にいっぱいの皺(しわ)を寄せて笑った。

「お友達なら、外から見てないであなたも入ってきたらよかったのに」

「あの、あの子も、ぼくが見てたこと、知ってますか?」

「いいえ。たぶん気づいてないと思う」

「そう、ですか」

ほっとした。こっそり見ていたことが知られたら、余計に嫌われてしまうかもしれない。でも同時に少しだけ残念にも思った。ぼくは、他の誰も知らないその子を知ることができたと思っていたけれど、その子にとってのぼくは、今も変わらず喋ったことのないただのクラスメイトでしかないのだ。

もうちょっと、近づけたらいいのに。もしもそうすることができたなら、どんなことを話そう。

「ねえ。あと十五分くらい帰るのが遅くなっても、おうちの人に叱られない?」

おばさんに訊かれ、ぼくは頷いた。十五分なら大丈夫だ。三十分なら、怒られるかもしれないけれど。

「じゃあ、ちょっとおいで」

言われるがままおばさんに付いていき、ぼくは初めて喫茶スリーの店内へ入った。縦長の空間で、六個のテーブル席があり、奥にレジのあるカウンターとキッチンが見えた。

その子がいつもいる場所は、左側の真ん中のテーブル席だった。今日もそこにひとりで座って、教室で読んでいるのと同じ本を読んでいる。

ふと、その子が顔を上げてぼくを見た。顔つきが強張ったのがわかったから、ぼくは中に入ってしまったことを後悔した。

「お友達なんでしょ。はい、ここ座って待ってて」

「あ、はい」

後悔したところで遅い。ぼくはやっぱり言われるがまま、その子と同じテーブルの向かいの椅子に座った。おばさんはそのままキッチンのほうへと行ってしまう。

「えっと、なんか、急にごめんね」

目の前のその子は、本をテーブルに置いて下を向いていた。ぼくがその子の時間を邪魔してしまったことは明らかだった。でも今さら出ていくこともできない。

「ここに、住んでるの？」

その子は口こそ開かなかったけれど、首を横に振って答えてくれた。ぼくは「そう」と味気ない返事だけして、あとは、何を言おうかと迷うだけで、何も言うことができなかった。

しばらくしておばさんが戻ってくる。甘い匂いのするコーヒーが入ったカップをふたつ、ぼくらのテーブルの上に置く。

「はい、どうぞ」

「あの、ぼく、お金ないんですけど」

「サービスだから気にしないで」

「あ、ありがとうございます」

その子もぺこりと頭を下げて、カップを手に取りコーヒーを飲み始めた。ぼくも真似(まね)をしてみる。

コーヒーはあまり好きじゃない。苦いだけで、何が美味(おい)しいのか全然わからないから。でもせっかくくれたんだし、と思って頑張って飲んでみたら、甘くて柔らかくて、ぼくの知っているコーヒーとは全然違う味がした。

「美味しい……美味しいね、これ」

思わず話しかける。目が合って、あ、と思ったぼくに、その子はこくりと頷いた。

「うん、美味しい。わたし、このカフェオレ好き」

小さな声だったけれど、確かに返事をくれた。

そんな些細(ささい)なきっかけから、少しずつその子は、ぼくに話をしてくれた。

すぐそばのアパートに住んでいるそうだ。二年生のとき、家の鍵を失(な)くしてしまい、お母さんが帰ってくるまで中に入れなかったことがあった。そうしたら、ここのおばさんが声をかけてお店に招き入れてくれたのだそう。おばさんは「放課後にひとりきりなら、おうちの人が帰ってくるまでここにいればいい」と言ってくれた。それから学校が終わったあとは、毎日このお店に来るようになった。

「迷惑かなって、思ったけど、でも、家にひとりでいるの、寂しかったから」

ぼくはその話を聞いて、クラスのみんなや、親たちが噂（うわさ）していたことを思い出した。その子の家の話だ。その子はお父さんがいなくて、お母さんとふたりで暮らしている。でもお母さんもあまり家に帰らず、何日も大人のいない家でひとりで過ごすこともあるという。

その話が本当かどうかは知らない。でも、その子がいつも学校でひとり、どこか寂しそうにしているのは本当で、だからぼくは、その子のために何かしてあげられることを探していた。その子が少しでもひとりじゃないって思えるようにと。

「わたしね、家も学校も息苦しくて好きじゃない。でも、ここは好き。ここにいるときだけは、すごく楽でいられる」

ぼくは「そっか」と答えた。本当は、もっとたくさん言いたいことがあったのに、そんな誰にでも言えそうな返事しか言葉にならなかった。

その日から何日かして、担任の先生が、その子の転校をクラスメイトに知らせた。

放課後、家にランドセルを放り投げてから走って喫茶スリーに行くと、その子がお店の前に立ってぼくのことを待っていた。

「これ、あげる」

渡されたのは、その子がいつも読んでいた本だった。知らない題名で、もともとは外国で出版された物語みたいだ。モモ、と書かれている。題名からは、内容がちっともわからない。

丸まった角と擦り切れた背表紙のこの本を、ぼくはこれから何度読むだろうか。たぶん、何回も、何十回も、読んでしまうと思う。

「わたし、おじいちゃんとおばあちゃんの家に行くことになったんだ。遠いし、たぶんもう、ここには戻ってこないと思う」

目を伏せながらその子は言った。両手の指を、ズボンの前できつく組んでいた。

ぼくがもっと大人でかっこいい人間だったなら、その手を取ることもできるのだろうか。今のぼくには、貰(もら)った本を大事に抱えて、頷くことしかできない。

「あのね」

時間をかけて、その子はぼくと目を合わせた。前髪は長いままだけれど、黒くて丸い瞳がよく見えた。

「学校、楽しくなかったけど、でも、春海くんに話しかけてもらえたとき、すごく嬉しかった。あのとき、この本の名前を教えてあげられなくてごめんね。話しかけてくれて、ありがとう」

ぼくは初めてその子の笑った顔を正面から見た。ぼくも同じように笑い返せていたかどうかはわからなかった。

ぼくたちはもう会うことはないかもしれない。その子はぼくのことをあっという間に忘れるかもしれない。けれどたぶん、ぼくはその子の笑顔も、その子の名前も、向けていた気持ちも、忘れることはできないだろう。

大人になっても大切に、抱え続けているのだろう。

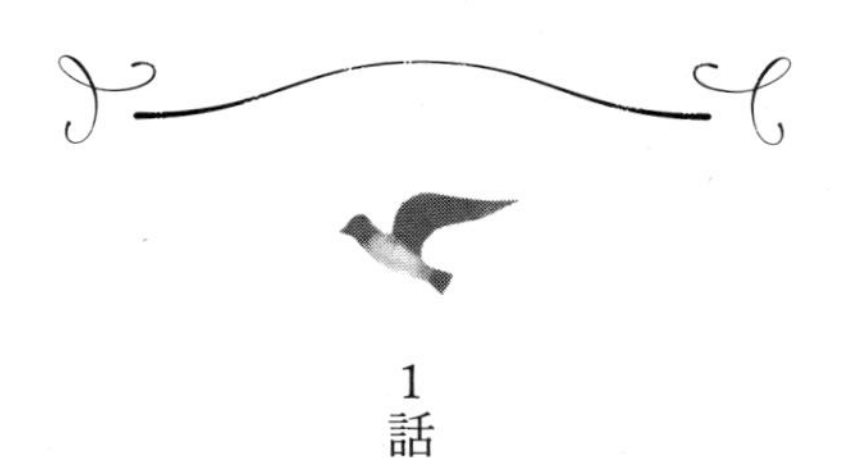

1話　家族写真

「真由美(まゆみ)さん、このあとどこの店行くんですか？」

レジカウンターから佐田(さた)ちゃんが顔を覗(のぞ)かせる。私は机に置いていたスマートフォンを手に取り、画面を確認して鞄(かばん)へ無造作に放り投げる。

「午後休取ってるからもうどこにも行かないけど、何かあった？」

「いえ、中央(ちゅうおう)店行くなら持っていってほしい荷物があったんですけど、別に急ぎじゃないから大丈夫です。宅配便で送ります」

「ごめん。そうしてくれる？　これから用事があって」

今季新調したばかりのチェスターコートを羽織る。ベーシックなキャメルのロングコートはどんな服にも合わせやすく、仕事でもプライベートでも重宝している。

身だしなみチェック用の姿見で襟(えり)を整えてから鞄を肩に掛けた。現時刻は十三時前。車で行けば、十五時の待ち合わせには十分余裕を持って着ける。

「てか真由美さん、今日ってもともと休みだったんじゃないですか？」

佐田ちゃんは壁に貼ってあるシフト表を見ていた。担当している各店舗のシフト表には私の休日も記してあり、佐田ちゃんの言うとおり、今日は休みの印が付けられている。

「うん。でもやることとあったし、最近来られてなかったから、ここの様子も見に来たかったんだよね」

「相変わらずですねえ。けど、働きすぎはよくないですよ。こないだの休みも他の店舗に顔出してたそうじゃないですか」

「わかってる。体には気を付けてるし、別に私だって、仕事しかすることがないわけじゃないよ」

それならいいんですけど、と佐田ちゃんは疑った目つきで言う。

「真由美さんって、放っておくと本当に仕事ばっかりするから」

「いやそんなこと。なくはないけど」

「ほら」

佐田ちゃんが苦笑いを浮かべた。もう八年ほどの付き合いになるだろうか。私が仕事に没頭してしまった結果、私生活でいろいろあったことを、彼女にはすべて知られている。だから言われたことを否定できない。

「まあ、好きでやってることだからね」

狭いバックヤードを出て、レジカウンターから店内を眺めた。

全国にチェーン展開する雑貨店『アトリエ・アルメ』がこの郊外のショッピングモールに出店して間もなく三年。地域密着型の施設であり都市部の店舗に比べると集客率は劣るが、その分リピーターが多く、売り上げは常にエリアでトップクラスを維持している。

この西浦店は『魔法使いの隠れ家』をコンセプトに、木と緑、シックな花々とでインテリアを統一していた。可愛らしくも落ち着きがある内装は店への立ち入りやすさを重視しており、施設の客層も相まってか、三十代以上の大人の女性や男性客にも人気があった。

佐田ちゃんと共に『本来のターゲット層以外のお客さんも取り込もう』という目標を立て、西浦店を立ち上げた。アトリエ・アルメのメインターゲットは二十代の女性であり、もちろん西浦店も若い女性客は多いが、その層に留まらず老若男女に愛される、目標どおりの店になったと自負している。

バイヤー厳選のお洒落な小物や文具、自社ブランドの雑貨に、個性的なデザインの服、こだわりのジュエリー。この店には自信を持ってお客様におすすめできるものばかり置いてある。

アルバイトとして入社してから二十年。県内の七店舗をまとめるエリアマネージャーとなった今も、私はこの店に並ぶ商品のすべてを素敵に思うし、アトリエ・アルメを誰よりも愛していた。

そう、私はこの店を――仕事を、自分にとって大切なものにしすぎてしまったのだ。

「じゃあ、あとよろしくね」

他のスタッフたちに声をかけて、最後に佐田ちゃんに挨拶をする。

「何かあったらいつでも連絡して」

「せっかくの休みを邪魔したくないので、極力何もないように努めます」

土曜ともあって、客足は開店直後から順調に伸びている。今はようやく少し落ち着いたところだ。またこれから賑わいを見せるだろうが、この店は店長である佐田ちゃんを中心にいいスタッフが揃っているから心配はない。

「ところで、今から彼氏さんとどこか行くんです？」

別れ際、佐田ちゃんが平台の商品を並べ直しながら言った。

「残念。今日は彼とは会わないの。どうして？」

「や、予定があるって言うから、真由美さんの予定ってそれくらいしかないじゃないですか」

「佐田ちゃんって、ほんと私のことなんだと思ってるの？」

「あはは。あ、なら今日は、紗綾ちゃんのほうだ」

私はその言葉を否定しなかった。つまり肯定だと理解した佐田ちゃんは、昔から変わらない、接客業向きの人懐こい顔で笑う。

「楽しみですね。いってらっしゃい」

私も笑って手を振った。従業員出入り口まで向かい、入出門表に退出時間を記して館外に出る。吐く息が白くなるほど冷えているが、空は雲ひとつなく晴れていた。昼過ぎの眩しい日差しに目を細める。

つい漏らしかけたため息は、すんでのところでなんとか留めた。丸まりかけた背筋を伸ばす。いつも履くものよりも低い五センチのピンヒールで地面を蹴り、憂鬱な内心を隠して、私は今から、実の娘に会いに行く。


西浦店から車を走らせ約一時間半。海沿いの道を行き、数年前に建ったシーサイドホテルを通り過ぎてから道を左へ逸れると、緩（ゆる）やかにカーブする街道に続き、やがて山裾に沿った古臭い住宅街へと入っていく。

しばらくしてからウインカーを出して、街道の脇にある駐車場に車を停（と）めた。六台ある駐車場のうち、二台はすでに埋まっていた。

時計を見ると、店内で待つのに丁度いい時間だった。エンジンを切って車を降りる。

駐車場の横には、味わいのある板張りと大きな窓に囲まれた、可愛らしい三角屋根の建物が建っていた。入り口のそばに、整えられたハナミズキが一本、客を迎えるように植えられており、その手前にある手作りの看板には『喫茶とまり木』というこの店の名前が書かれている。

確か、私がこの町を離れる少し前にできたはずだから、そろそろ開店して六年といったところだろうか。赤く塗られた扉を開けると、カウベルが鳴り、カウンターの奥から若い男性オーナーとパートのおばさんがにこやかにこちらを向いた。

「いらっしゃいませ」とふたりの声が揃う。

「お好きな席へどうぞ」

店内には、カウンター席が五つと四人掛けのテーブル席が四つあった。詰めればあとふたつほどはテーブルが置けそうな広さがあるが、それぞれの間を広めに取ることで、客が周囲を気にせずゆったり過ごせるようになっていた。レジの横には棚があり、雑貨やアクセサリーが並んでいる。地元のハンドメイド作家の作品を販売しているそうだ。素敵な品も多く、購入されていくのを度々見かける。

店内を見回し、空いている席を比べてから、前回来たときにも座った奥のテーブル席へ向かった。隣に客がおらず、一番ゆっくりできそうな席だった。

「いらっしゃいませ。ご注文が決まりましたらお声がけくださいね」

パートさんが水を運んでくる。私はその場でブレンドコーヒーを注文し、あとから連れがひとり来ることを伝えた。

「もうすぐ来ると思うんですけど」

「かしこまりました。ブレンドコーヒーはいつお持ちしましょうか。お連れ様が来られてからにしますか？」

「いえ、先でいいです」

パートさんがカウンターへ戻っていく。私は水をひと口飲んでから、テーブルに頬杖(ほおづえ)を突き、窓の外を眺めた。

紗綾はいつもどおり家から歩いてくるだろう。初めは駐車場まで滉平(こうへい)に付き添われて来ていたあの子も、いつからかひとりで来るようになった。駐車場から私を見つけると、にかりと笑って手を振るから、私も窓ガラス越しに振り返す。そしてあの子が足早に店に入ってくるまでの間に、紗綾には聞こえないところで、私は小さなため息を吐(つ)くのだ。

五年前、滉平と離婚してから、私は月に一度この喫茶とまり木で娘の紗綾と会っている。当時まだ小学校に入ったばかりだった紗綾は、今は六年生になり、間もなく卒業しようとしていた。時々滉平から教えてもらう近況によれば、学校では成績優秀で、先生に褒められることもよくあるという。

　私から見ても賢く、朗らかで素直な子に育ったと思っている。それにとても優しい子だ。何せ月に一度顔を合わせるだけのこの私を、今も「お母さん」と呼んでくれるのだから。

「はい、こちらブレンドコーヒーでございます」

　テーブルにカップが置かれた。コーヒーがほのかに香る。

「ありがとう」

「ではごゆっくりどうぞ」

　角砂糖をふたつとミルクをたっぷり入れた。ブラックも好きだが、今は甘いものを飲みたかった。

　三度息を吹きかけてからカップに口を付ける。ここのコーヒーは私好みのほどよい苦みがあって、今の自宅から近ければ毎朝通うのに、とさえ思っている。

　ふと、カウンター内に立っていたオーナーさんと目が合った。にこりと笑んで会釈されたから、私も頭を下げ返しておいた。

この店のコーヒーは、すべてあのオーナーさんが豆から厳選して淹れているらしい。料理やスイーツも美味しく、それらもやはりオーナーさんがひとりで手ずから作っている。

三十代前半か、もしかすると二十代の可能性もあるだろうか。まだ若く、一見するとどこか頼りない印象の青年ではあるが、満足いく品と居心地のいい空間を提供してくれる、いい店づくりをしていると思う。

「あ」

小さな声を上げた。狭い歩道から店の敷地へと入ってくる紗綾を見つけた。紗綾も気づいて手を振る。私はコーヒーカップを置いて、娘に手を振り返した。

「お母さん、お待たせ」

店に入ってきた紗綾は、慣れた様子で私の席までやってきた。

「紗綾、早かったね」

「今日はお母さんよりも先に来ようと思ってたんだ。けどまた負けちゃった」

「店から直接来たから早く着いたの」

紗綾は中綿のブルゾンを脱いで向かいに座り、メニュー表を開いた。

先月会ったとき胸元まで伸びていた髪は、肩よりも短く切り揃えられていた。身長も、少し伸びただろうか。これくらいの時期の子どもはあっという間に成長してしまう。

「ミルクティーください」

水を持ってきたパートさんに紗綾は自分で注文した。いつもスイーツも食べるのに、今日はなぜかドリンクしか頼まないから、私が勝手にパンケーキを一セット追加した。

「もう、お母さん。今わたしダイエットしてるんだから」

紗綾がむっと唇を突き出す。

「必要ないって。小学生からそんなことしてたら背が伸びないよ」

「背が伸びないのは嫌だなあ」

「本当にいらないならお母さんが食べるけど」

「いや、わたしが食べる」

むくれていたのが途端に笑顔に変わった。私はほっと息を吐いて、少し冷めてきたコーヒーをひと口飲んだ。

「最近どう？」

毎回している、つまらない質問をする。

「卒業式で歌う歌の練習が始まったよ」

私の中身のない問いにも、紗綾はうんざりした顔も見せずに答えてくれる。

「卒業式までもう二ヶ月ないもんね。何歌うの?」

「『旅立ちの日に』ってやつ。お母さん知ってる?」

「ああ、その歌なら知ってるかも。今の子も歌ってるんだね」

「おんなじことお父さんも言ってた」

紗綾は、仲のいい友達が伴奏者に選ばれたことや、やる気のない同級生のせいで思うように練習が進んでいないことなどを、表情をころころと変えながら話した。

私は時々相槌(あいづち)を打ちながら、紗綾の話を聞いていた。その間に、私のコーヒーカップは空になってしまった。

「お待たせいたしました。ミルクティーとチョコバナナパンケーキでございます」

頼んだ品がやってくる。私はついでに自分のコーヒーのおかわりを注文した。

テーブルに置かれた、ホイップクリームとチョコレートソースのたっぷり載ったパンケーキを見つめ、紗綾は目をきらきらと輝かせている。この子が父親に似て甘党であることは、さすがに私も知っている。

「ここのパンケーキ美味しいんだよね」

「そうなんだ」

「え、お母さんって食べたことなかったっけ」

「どうだろ。覚えてないや」

「じゃあ、お母さんもちょっと食べる？」

「ううん。紗綾が全部食べていいよ」

わかった、と返事があってから、私は対応を間違えたことに気づいた。ここは「じゃあひと口ちょうだい」と言うべきだっただろうか。しかし今さら繕える器用さもなく、私はパンケーキを切る紗綾の拙いナイフの動きを見ていた。

少し大きめに切ったかけらを頬張り、紗綾は口元を緩ませる。

「美味しい？」

「うん。超美味しい」

紗綾は言葉どおりの表情でパンケーキを食べ続ける。飲み物もなくなった私は、手持無沙汰でおしぼりをつまんでいる。

紗綾が食事をしているときくらい私から何か話すべきだろう。毎回そう思うのだが、毎回何を話せばいいかわからず、結局いつも沈黙を選んでしまっていた。今日もそうだ。だって、私の仕事の話なんて紗綾は興味がないだろうし、恋人とのことを小学生の娘に話す気にはならないし。紗綾のことを訊こうにも、大体のことは自分から喋るから、私から質問する必要もない。

無理して話題を作ろうとするのはもうとっくに諦（あきら）めていた。ずっとこうだから、紗綾のほうも何も期待していないと思う。

カラン、とカウベルが鳴った。店の入り口に目を向ける。職業病なのだけれど、つい「いらっしゃいませ」と言ってしまいそうになる。

入ってきたのは、小学校低学年くらいの子どもを連れた親子だった。私たちとは離れた席に座った彼女らは、目を合わせて笑い合いながらメニュー表を広げていた。会話までは聞こえないが仲のよさそうな雰囲気を感じる。

向こうからも、私と紗綾は親子に見えているだろうか。見えていたとして、私たちはいったいどんな親子に見えているのだろうか。

普通の親子はどんな会話をしているのだろう。

正しい母親は、どんなふうに子どもと接するのだろう。

いまだに正解がわからない。紗綾と滉平と三人で暮らしていたときも。彼らと別れ、月に一度だけ我が子と会う日々に変わってからも。

私はずっと、母親のなり方がわからない。

「そういえば」

パンケーキを半分食べ終えた紗綾が、フォークに付いたクリームを舐めながら、上目で私を見た。

「お母さんに伝えておいてって言われてたんだけど、お父さん、四月に再婚するんだ」

なんでもないふうに言うから、私も「へえ、そうなんだ」となんでもないふうに返してしまった。実際に、たいして驚きはしなかった。

「前から付き合ってた人と？　名前は、なんだっけ」

「麻里ちゃん」

「そうそう」

恋人ができたことは、一年前に滉平から聞かされていた。付き合い始めたのは三年ほど前らしい。私と同じ三十九歳である滉平より、七つ歳が下だそうだ。滉平に結婚歴があることも、娘がいることも、相手には交際前から話していたという。

交際の報告など別に必要なかったのだが、結婚も視野に入れているからと、わざわざ連絡をくれたのだった。もしも籍を入れたら、彼女が紗綾の新しい母親ということになるから、一応と。

ってたし」

「よかったじゃない。いい人なんでしょ。紗綾もその人のこと気に入ってるって言ってたし」

「うん」

紗綾は雑に切ったひとかけを口に放り込んだ。

「わたし、もうすぐ学校でも家でも新生活が始まるんだよね。てか、わたしが卒業するのを麻里ちゃんが待っててくれた感じなんだけど」

「新しい生活が不安？」

「中学校はちょびっとね。でもお父さんと麻里ちゃんが結婚することは全然。むしろ嬉しいかも」

紗綾が『麻里ちゃん』と初めて会ったのは、滉平が私に交際を伝えた日の直前だと聞いている。麻里ちゃんは、紗綾の緊張をあっという間にほぐしてしまう、柔らかな人柄の人物だったそうだ。だから、無理に距離を縮めてこようとはせず、こちらが歩み寄れば受け入れてくれる。だから、紗綾が麻里ちゃんに懐くのに、それほど時間はかからなかった。

紗綾は何度か、滉平と麻里ちゃんと三人で遊んだ話を私にした。男親である滉平にはしにくい相談にも乗ってもらったと言っていた。その話し振りが楽しそうだったから、紗綾は麻里ちゃんといい関係を築けているのだなと、私は心底から安堵していたのだ。

そして、きっと紗綾は本当は、こんなお母さんを求めていたのだろうと思った。

「新しいお母さんと、うまくやれそう？」

訊ねると、紗綾は少しだけ間を置いてから答えた。

「麻里ちゃんとは、うまくやれるよ。麻里ちゃん優しいし、面白いから好きだもん。お父さんの結婚相手が麻里ちゃんでよかった」

「そう」

だけどもし何かあったらいつでも私に言いなさいね。そう言おうとしてやめた。どう考えたって、元夫の見知らぬ再婚相手のほうが、私よりもはるかに母親らしく、頼りにもなるのだろうから。

「お母さんは、彼氏と再婚しないの？」

紗綾はバナナにフォークを刺して、皿に付いたチョコレートソースを拭っている。

「お母さんたちは考えてないかな。別に結婚って形を取らなくても一緒にいられるし」

「ふうん」

「紗綾は、お父さんたちみたいに、お母さんも結婚したほうがいいと思う？」

流れでしただけの、とくに意味のない問いだった。たとえ紗綾が「うん」と答えようとも私は再婚するつもりはない。今の恋人は一緒にいて居心地がよく、長く寄り添い続けたいと思っている。長く一緒にいるために、家族という関係性を選択しないことをふたりで決めたのだ。

お互い、そういう生き方のほうが向いていると感じていた。同じような考え方であるから、一緒にいて楽だった。

「ううん。別に、しなくてもいいんじゃないかな」

紗綾は、私が予想していたことと違う答えを口にした。

フォークを置いて、ミルクティーを飲み、思わずどきりとしてしまうほど、真っ直ぐに私と視線を合わせた。

「お父さんはね、結婚するってことは、お互いの人生に責任を持つことだって言ってた。結婚したら、他人じゃなくなって家族になるから。家族って、どんなことがあっても支え合って、だから、結婚って、そういう覚悟を形にするものなんだって」

「……滉平の言いそうなことだな。あの人は家族を大事にする人間だし」

「うん。お父さんのそういうところ、わたしは好きだよ。でもわたしは、お母さんの言うとおり、家族でいることだけが、一緒にいる理由にはならないって思う」

口を開きかけてみたけれど、何も言えずに、私は細い息だけを吐き出した。

紗綾がそんなことを考えていたことに驚きを覚えた。同時に、小学六年生の子どもにそんなことを言わせてしまったことに心苦しさを感じた。

私が滉平や紗綾と家族でいられなかったから、紗綾は家族という関係性に期待を抱かなくなってしまったのかもしれない。

申し訳なかった。でも私は……私たちは、どうしたって一緒に生活し続けることなどできなかったのだ。自分の中にいくつかある価値あるものの中で、一番に重たいものが違ったから。

家族になったところで何もかも理解し合えるわけじゃないし、許せるわけでもない。だから私たちは離婚したのだ。私たちは、家族ではいられなかった。

「お母さんのしたいようにしたらいいよ」

紗綾はそう言ってから、皿に残っていた最後のひと切れを頬張った。

私は、ちょうど運ばれてきたおかわりのコーヒーを、ブラックのままで飲んだ。

マンションに帰ってコートを脱ぎ、キッチンで水を一杯飲んでからソファに腰を下ろした。窓の外はようやく暗くなってきたところだ。通常の勤務の日よりもいくらか早く帰宅しているが、妙な疲れが溜まっていて、一度ソファに沈んでしまえばしばらく動けそうになかった。

のろのろと鞄に手を伸ばし、スマートフォンを取り出す。数分前に、恋人の拓士からメッセージが来ていた。拓士は私が今日紗綾と会ったことを知っている。拓士はいつも、紗綾と会う日、私が帰宅する時間を見計らってメッセージをくれる。

『おかえり。お疲れ様』

開いたメッセージアプリには、短い二文だけが届いていた。私はなんだかほっとして、ずりずりと体を倒しソファに横になった。

拓士は四十過ぎに見えない若々しい見た目をしている反面、中身はまるで百年も生きたおじいさんのように落ち着いている。自分の日々にも周囲の人間にもあまり多くを求めない人で、もちろん私に対しても、よくも悪くもそれほど期待しない人だった。お互いを一番に大事にしたり、頻繁に電話をしたり、毎日一緒に過ごしたり。そういう恋人らしい距離感を拓士は必要としない。

仕事が忙しければそちらに集中したらいい。僕を一番に思わなくていい。会えるときに会えればいい。でもちょっと心が辛くなったらいつでもそばにいてあげる。

そんなことを当然のように言うから、私はいつも拓士に甘えてしまう。彼とのほどよいこの距離が好きだ。私が彼以外のことを優先してしまっても、それごと肯定して離れないでいてくれる彼を、私もきちんと大切にしようと思えている。

『今帰った。ありがとう』

拓士に返事を送った。既読がすぐにつかないのはいつものことだ。

私が彼を最優先にはしないように、向こうもまた私に縛られずに生きている。拓士に甘えていることへの罪悪感がないのは、拓士のほうも、私の束縛しない性質を享受しているからであるのだ。

私には、これがちょうどよかった。一緒に生きるなら、これくらいの関係がいい。息がしやすい。私も、そしてきっと、私と一緒に生きる人にも。

◆

午前中、中央店で事務作業をしてから、午後に西浦店へと移動した。当初は午後も中央店で勤務する予定だったのだが、西浦店でアルバイトの面接が入っていたことを思い出し、それの確認がてら向かうことにしたのだ。

面接は十三時からだから、西浦店に着く頃には終わっているはずだ。スタッフ選びは店長の佐田ちゃんに全面的に任せているため、私は結果だけを聞きに行く形となる。

西浦店では、近々スタッフのひとりが退職することになっていた。そのため早めに新規のスタッフを入れなければならないのだが、募集を始めてから受け付けた数件の応募は、残念ながらどれも採用までには至らなかった。

今回はうまくいっただろうか。昨日届いた佐田ちゃんからのメッセージでは、電話対応はいい感じ、とのことだったから、前向きに考えてはいるのだが。

「そろそろ決まってくれるといいけどねえ」

愛車のハンドルを握りながら独り言ちる。

スタッフ採用の面接は、応募者側はもちろんのこと、面接をする側も緊張する時間である。面接に現れない人も少なくないし、来てくれても、接客業には向かないとひと目で感じてしまう人もいる。第一印象がよければ、あとは、うちの店と合うか、応募条件に沿った勤務が確かにできるか、今いるスタッフと協力して働けそうか、いろいろと確認し、採用不採用を判断することになる。

なるべく長く、快適に働いてもらうため、そしてより良い店づくりをしていくために、数十分という短い時間で相手の人柄を見極める必要があった。どれだけ人手が欲しくても適当な人間は入れられない。店づくりにおいてスタッフの選考は、とても大切な業務であるのだ。

同時に、面接は、応募者側が店を見る場所でもあった。相手側から「働けない」と断られることだってもちろんある。こちらが「いいな」と思った相手に断られるのは残念だが、致し方ないことであるし、そのための面接であるとも思っていた。

駐車場に着いたとき、時間を確認すると十三時半だった。応募者が時間どおりに来ていればもう終わっている頃だろうが、スマートフォンに佐田ちゃんからの連絡はなかった。

店に入る前に、通路から中を覗いた。来店客が数組と、接客中のスタッフがひとり、品出しをしているスタッフがひとり、レジに立っているスタッフがひとりいた。西浦店は問題の少ない店だ。今日も、店の様子にもスタッフの動きにも、特段気になるところはない。

「おはよう」

と、品出しをしていたスタッフに声をかけると、彼女はなぜか、ほっとした表情で笑んだ。

「エリアマネージャー、おはようございます。お疲れ様です」

「お疲れ。今日って面接入ってたよね。佐田店長いないみたいだけど、まだ終わってない？」

「えっと、それが」

スタッフは眉を八の字にする。

「もしかしてブッチされたとか」

「いえ、来たには来たんですよ。私も本人を見ましたけど、ぱっと見はちゃんとした、可愛い感じの女の子で」

「じゃあ面接で何かあったの？」

「さあ。けど、戻ってきてから店長なんか落ち込んでて。もうちょっと経ったら話を聞こうと思ってたんですけど」

エリアマネージャーが来てくれてよかったです、とスタッフは言った。いつも明るい佐田ちゃんが落ち込んでいるとなれば、スタッフたちは気が気ではなかったはずだ。私は肩をすくめ、佐田ちゃんがいるというバックヤードへ向かう。

レジカウンターとバックヤードとを隔てるカーテンを開け、驚いた。パソコンを置いている机の前で、佐田ちゃんが項垂れていた。ふたりで食事に行ったときなどは泣き言や愚痴をこぼすこともあったが、店ではそんな姿を見せない子だ。何があったのだろうか。

「佐田ちゃん」

声をかけると、すぐそばにいた私に初めて気づいたように、佐田ちゃんははっと顔を上げた。

「真由美さん。お疲れ様です」

「お疲れ。何、どうしたの」

佐田ちゃんが唇をへの字にする。泣くかと思ったが、さすがに涙までは流さなかった。

畳んであったパイプ椅子を開き、佐田ちゃんの隣に座る。佐田ちゃんは椅子の向きを変え、私と向かい合うように座り直した。

「あの、すみません。スタッフたち、気を遣ってましたよね。申し訳ないです」

「まあ、みんなにはあとから声をかけたほうがいいと思うけど。それより、面接で何かあったの?」

「別に大層なことがあったわけじゃないんですけど」

「嫌なことでも言われた？」

「嫌なことっていうか、今日面接に来た子に、すごく怒られてしまって」

「怒られた？」と訊き返すと、佐田ちゃんは顎に皺を寄せながら頷いた。

面接にやってきたのは二十三歳の女性だった。現在はフリーターで、フルタイム勤務を希望しており、お盆や年末年始などの繁忙期にも働けるという。業種は違うが接客経験があり、将来的には社員雇用も望んでいた。店側が新しいスタッフに希望している要素とぴったり合っていた。

受け答えが丁寧で明るく、身なりも小綺麗にしていたから、面接中にすでに採用することを考えていたそうだ。ただ、佐田ちゃんがひとつとある質問をすると、彼女は怒り、こんな店で働けないと、面接をやめて帰っていったという。

「独身ですか、近々結婚の予定はありますかって質問したんですよ。そしたら、差別だ、プライバシーの侵害だ、とかなんとか怒鳴られちゃって。謝ったんですけど、もう話も聞いてくれないまま行っちゃいました」

大きなため息を吐いて、佐田ちゃんは背中を丸める。

「私もわかってるんですよ、最近ってこういう質問するの駄目なんですよね。でもこっちとしては必要なんですよ。今すぐ人手が欲しくて募集かけてるのに、雇った人が結婚や妊娠出産であっという間に辞めたりしたら困るんです。現場は少人数で回してるからひとり抜けただけで大変だし、すぐに人員の補填なんてできないし、めちゃくちゃ重要な確認なんですよ」

うん、と私は頷いた。心の中では佐田ちゃんと同じく背中を丸めて頭を抱えていた。痛いところだ。結婚、そして妊娠。私生活の変化が起こす仕事への影響は、若い女性スタッフの多いうちの会社が抱えている問題のひとつだった。

「ごめんね。会社側の責任だわ。会社がスタッフに負担かけない仕組みを作らなきゃいけないいんだよね」

店側の苦労も、面接に来てくれた女性の感覚もわかる。本来ならば佐田ちゃんがしたような質問内容など、店もスタッフも気にすることない職場でなければならない。すべてのスタッフが働きたいように働ける環境が必要だ。けれど、そうできないのが実情だった。

「本社にはずっと、私も、各所のエリアマネージャーも提言してることなんだけど、なかなか実現しなくて。本当にごめん」

「真由美さんが謝ることじゃないですよ。それに、難しいこともわかってます。現場では対処しきれないことだけど、現場のことだからこそ、理想どおりにはいかないって」

「そうなんだよね」

私もずっと現場でやってきたのだ、佐田ちゃんの思いはよくわかる。同時に、エリアマネージャーとなったことで本社の都合も知り、本社側もいろいろと対応を考えながらも手が回り切っていない状況であることを理解していた。

女性の結婚と出産は、職場からしたら、本人だけの問題ではない。

結婚し、子どもを授かるとなれば、否(いや)が応(おう)でもそれ以前とは違う生活スタイルになる。働き方も変える必要が出る人が多いだろう。そんなスタッフに会社としてどう対応するか。今に始まったことではないけれど、いまだに正しい道筋を見つけられてはいなかった。

家庭を持ったあとも本人の思うように働ける環境づくりと、一緒に働くスタッフが余計な負担を負わない仕組み。普段から余裕を持った人員配置と適切な仕事の割り振りができていればいいのだが、数名単位で動かしている現場では、簡単にできることではない。

「まあ別に、面接に関してはもう終わったので、それだけのことだったんですけど。なんか、疲れてるのもあってか、こんな店で働けないって言われたのが、案外ぐさりと来ちゃって」

　佐田ちゃんは眉尻を下げながら、また盛大なため息を吐き出した。私は佐田ちゃんの華奢な肩をぽんと叩く。

「向こうも頭に血がのぼったんでしょう。うちのスタッフに言われたならともかく、部外者の言葉なんて気にしなくていいよ」

「わかってますよ。でもなんか、毎日必死になって店やスタッフのこと考えてやってきてるのに、なんにも知らない人間にあんなこと言われて、腹立つの通り越して泣きたくなったっていうか」

　両瞼を力いっぱい擦ってから、佐田ちゃんはのそりと顔を上げた。

「難しいですよね。プライベートも仕事も充実できるよう、スタッフの好きなように働いてほしいっていう気持ちでやっていますけど、でも実際、店長目指してやっていきたいとまで言ってた人が結婚するからってあっさり辞めたり、産休から復帰した途端また産休に入って、籍置いておく意味あるのかなみたいな人もいたり。フルタイムでがっつり働きたいって言うわりに家のことでしょっちゅう休む人もいましたし。今は否定的な意見言いづらい風潮ですけど、ぶっちゃけ、そういう人たちよりは、仕事が好きで、仕事を頑張りたいと思ってる人と働きたいんですよ」

「うん」

「もちろん家庭があってもばりばり働いてる人とか、パートタイムでバランスよくやってる人もたくさんいますから、そういう人たちのことは仕事仲間として信頼しています。ただ、理想とか綺麗事だけじゃどうにもならないところもあって、そういう部分で考えが合わない人がいると、もやもやして、心が狭くなっちゃうんですよね」

　壁に打つように言い募り、佐田ちゃんは一度肩で大きく呼吸をした。私は「そうだね」と相槌を打つことしかできなかった。下手な慰めやアドバイスはできない。この問題は、私自身もまだ上手な落としどころを見つけられていないから。それどころか、器用にやれなくて、しくじってしまったくらいだ。

「なんか、そんなこと考えてたら頭ん中ぐわあってなって、どんどん嫌なこと考えるようになっちゃって」

　置いてあった箱からティッシュを取り出し、佐田ちゃんは遠慮なく洟をかんだ。メイクの剝げた鼻の頭が薄っすら赤くなっていた。

「真由美さんにもみんなにも申し訳ないです。ああもう、店長として情けない」

「そんなことないよ。スタッフのみんなを見ていれば、佐田ちゃんが店のことを真剣に考えてるいい店長だってわかるから。今日のことは、確かにこれからも考えていかなきゃいけないことだけど、そう気を落とすことないよ」

「……はい。ありがとうございます」

「応募者さんに嫌な思いさせちゃったのは悪いけどさ、まあ、今回はご縁がなかったってことで」

　そう言うと、佐田ちゃんはようやく少しだけ笑った。

　ちらりとカーテンを開け店頭を覗く。忙しそうではないが、スタッフたちは接客に品出しにと一生懸命に働いている。

　スタッフのひとりと目が合った。おそらく佐田ちゃんのことを気にしているのだろう。私がにこりと笑んで頷くと、スタッフも安心した顔で頷き返した。

　カーテンを閉め、佐田ちゃんに向き直る。佐田ちゃんは鏡を見ながら、メイクの崩れを気にしている。

「難しいよね」

　呟くと、佐田ちゃんがきょとんとした顔を向けた。

「家庭も仕事も自分の望む形でこなすっていうの、もちろんそれが理想だけど、でも全部自分の思いどおりになんてのはやっぱり難しいよ。何を優先するか決めなきゃいけないし、どっかで何かを選んで、何かを諦めなきゃいけないと思う」

家庭を持つ人の、仕事と家庭の両立の苦労は理解している。同時に佐田ちゃんの言いたいこともよくわかっていた。

人によってどんな生き方をしているかは違う。自分の人生において何に重きを置くかも違う。すべてが自分の思いどおりにはならない。誰もがどこかで、折り合いをつけてやっていかなくてはいけない。

「真由美さんも諦めたんですか？」

「いや佐田ちゃん、私が仕事が原因で離婚してること知ってるでしょ。娘も夫のほうに付いていったし」

「真由美さんも私と同じ、根っからの仕事人間ですからねえ」

「まあ私の場合は、私がっていうか、向こうが諦めたようなもんだけど」

母親になれなかった私を、滉平が見限ったのだ。もしくはそう切り出すことで私が考えを改めることを彼は望んでいたのかもしれないが、私は彼の……彼らの選択を受け入れた。

どうしたって私は、家族を一番に思うことができなかった。申し訳ないと感じながらも、自分の中にある一番を、家庭を持つ前の日々から変えることができなかった。

　自分の手に抱えられるものの量は決まっている。何かを得るたび何かを捨てて、選んで、手放して、生きていかなくてはいけないのだ。私の場合、その選択があまりにも自分勝手だったという自覚は、確かに持っているのだけれど。


　高校を卒業し、地元の中小企業に事務職として就職したが、仕事内容と職場環境が肌に合わず一ヶ月で退職した。その後アルバイトとして、当時五店舗目を出そうとしていたアトリエ・アルメで働き出した。

　別に、どうしてもここで働きたかったわけではない。アルバイトの求人誌を見てオープニングメンバーという言葉に引かれただけだ。すでに構築されている人間関係の中に入るのは、前の職場での経験から苦手意識を持っていた。ここならスタートはみんな同じだ。でも合わなければまたすぐに辞めようと、それくらいの軽い気持ちで入店した。

　初めはさすがに大変だった。何もわからない状態から新店スタートの準備を手伝い、慌ただしいオープンをどうにかこうにか乗り越えた。仕事内容を覚えるのに必死で、経験のない接客も正解がわからず、毎日を手探り状態でこなしていた。楽しいとは思わなかったが、辞めたいと思う余裕すらなく、夢の中でも働いていたくらい、しばらくは仕事のことしか考えていなかった。

意識が変わってきたのは三ヶ月ほど経った頃だろうか。その頃にはどうにか基礎を学び終え、新規オープンでばたばたしていた店も徐々に落ち着き始めていた。

私は少しずつ、冷静に周囲を見られるようになった。品出しをしながらひとつひとつ商品の特徴を観察し、工夫された棚の並べ方に気づき、お客さんへの声のかけ方を覚え、この仕事を知っていった。義務のように通っていただけの通勤路を、いつからか胸を張って歩けるようになった。可愛らしい商品に囲まれ、それらを求めてやってくるお客さんと接するこの仕事が、とても好きになっていた。休みの日にどこかで遊ぶことよりも、仕事をしている時間のほうがはるかに楽しい。そうまで思うようになっていたのだった。

二年目には社員になり、翌年に副店長になった。そして二十四歳のとき、他エリアに初めて出す店の店長に抜擢(ばってき)され、この土地にやってきた。滉平と出会い付き合い始めたのはそれから少し経ってからだ。

土日休みの会社員だった滉平とはなかなか会う時間が取れなかったが、仕事を優先する私を滉平は尊重してくれた。いい恋人だと思っていた。ただ、仕事が充実していた私は、付き合いを続けたその先のことまではまだ考えてはいなかった。

滉平と付き合い三年が過ぎたとき、妊娠が発覚した。働きが認められ、会社からこの地区のエリアマネージャー昇格の打診があったときだった。

すぐには、子どもを産むことを決意できなかった。けれど滉平に伝えると、彼は喜び、結婚しようと言った。会社からは、産休が明けたらエリアマネージャーになってほしいと言われた。

滉平と夫婦になることは嫌ではない。だから、結婚して子どもができても、望んだように働けるなら。そう思い、私は子どもを産むことを決めた。

その後まもなく滉平と結婚し、スタッフたちに見送られながら産休に入り、そして紗綾を産んだ。

紗綾が生まれたときは素直に嬉しいと思えた。小さな産声も皺だらけの指も愛おしかった。紗綾を抱きながら泣く滉平の姿にも幸せを感じた。その瞬間には確かに、母親になったのだという実感が私にもあったのだった。

本当ならばそこから少しずつ、より一層親らしくなっていくものなのだろう。けれど私は、生まれたての紗綾を抱いたそのときが、最も母親としての自覚があった瞬間だったのかもしれない。

紗綾を産んでから数ヶ月は、子育てと産後の体調の回復に努めた。初めての育児は目まぐるしいものであったけれど、眠る暇もないほどのその日々の間、私は育児の辛さよりも、我が子への慈しみよりも、ただひたすら、早く仕事をしなければと思っていた。

子どもができれば生活スタイルが変わるのは当たり前だ。家庭に比重が置かれるのも悪いことではないし、親ならば、何よりも子どもを第一に考えるべきだ。そのうえで自分の時間も守っていく。他の子を持つ親たちだって、きっとみんなそうしてバランスを保ってやっている。

でも私は、上手に切り替えられなかった。一日一日が過ぎるごとに、まるで自分が自分でなくなっていくように感じていた。自分自身の日々が……生き方がどんどん変わってしまうことに、恐怖に似た感情すら抱いた。

このままじゃ駄目になる。すぐに仕事をしたい。これまでのように働きたい。昼間の自宅で可愛いはずの我が子をあやしながら、私は強くそう思っていた。

仕事を再開したのは紗綾が一歳になる前だった。運よくスムーズに保育園が見つかり、滉平にも相談したうえで、でき得る限り早く職場へ戻った。職場では、産休前に言われていたとおり、店長をしていた地区のエリアマネージャーに昇格し、以前よりもさらに濃い日々を過ごすようになった。

　母になっても仕事を続ける私を、滉平も応援してくれていたのだ。昇進を一緒に喜んでくれたし、保育園が休みのときは、率先して紗綾の面倒を見て、私を仕事へと送り出してくれた。

　滉平は夫として、父として、誰から見てもできた人だった。外の仕事と並行して家事をこなし、子育てにも積極的で、紗綾を心底可愛がっていた。家族との時間をとても大切にする人で、だから紗綾も私より、滉平のほうによく懐いていた。

　今思えば、私は滉平にも紗綾にも甘えすぎていたのかもしれない。滉平が家のことをやってくれるから。紗綾は父親が好きだから。だから私は仕事をしよう。そんなふうに考えて、私自身が彼らと向き合う時間を取ろうとしていなかった。

　私が働くことを応援してくれていた滉平が、少しずつ考え方を変えていったのは、滉平ではなく、私のせいだという自覚がある。いや、そもそも滉平は、夫婦共働きも、私がフルタイムで働くことも、最後まで一度だって反対していなかった。仕事を辞めろなどと言われたことはない。ただ、もっと私に、家族と過ごす時間を大切に思ってほしかっただけなのだ。

　——真由美が仕事を何より大事にしてるのはずっと前から知ってる。でも、もうちょっと紗綾と一緒にいたいとか、そういう気持ちは湧かねえのかよ。

滉平にそう言われたのはいつだっただろうか。珍しく私と滉平の休みが重なり、家族三人で遊びに行こうと支度をしていた朝だった。三人で外出するのは久しぶりで、紗綾も楽しみにしていたのだが、出かける直前、担当している店からスタッフの急病で人手が足りないという連絡が入った。私はほんの少しだけ迷い、すぐに行く、と電話口に答えた。

急いで服を着替え直し玄関へと向かった私に、いい加減にしろよ、と滉平が言った。紗綾は滉平の横で、何も言わずに私を見上げていた。私はふたりに『ごめん』と伝えて、仕事に向かったのだった。

たぶん、滉平が私を諦めたのはそのときだ。

紗綾は、いつだろう。

もしかしたら紗綾のほうがずっと早く私に呆れていたかもしれない。私たちが離婚を伝え、どちらに付いていきたいかと訊いたとき、あの子は『お父さん』と迷うことなく答えたから。

紗綾の選択を聞いてもショックは受けなかった。ただ、申し訳なく思っていた。私は紗綾の母親にはなれなかったのだ。私だって、まともな母親になれるならなりたかったけれど。できなかった。きっと、もっとやりようはあったと思う。私があまりにも下手くそだっただけだ。

　仕事へはいくらでも時間を使うことができるし、スタッフの相談だって親身に乗ることができるのに、家族と過ごす休日を大切にできず、娘と向き合って話をすることもできなかった。私は、私の優先順位を切り替えることができなかった。仕事をしている自分が一番に大事だった。家族というものへの自覚も責任も、少しも足りていなかった。

　――俺と夫婦になれないのは仕方ないにしても、紗綾とは、ちゃんと親子であってほしかった。もっと、母親らしくあってほしかったよ。

　離婚した日、家を出ていく私に最後に滉平が言ったことは、もしかすると紗綾からの言葉でもあったのかもしれない。

　手放したものは二度と戻らない。全部、自分が招いた結果であって、全部、自分のせいだとわかっている。

◆

「真由美」

呼ばれてスマートフォンから顔を上げる。スーツとコート姿の拓士が手を振りながらこちらに歩いてきていた。時計を見ると、約束していた時間ぴったりだった。

私はスマートフォンを鞄にしまい、拓士に手を振り返す。

金曜の夜の駅前はすでに賑わい始めていた。午後六時半。帰宅する中学生に、まだ仕事中らしきサラリーマン、これから一日が始まるようなテンションの若者たちが、眼前に行き交っている。

「待たせてごめん」

走ってきたのだろうか、少し息を切らしながら、拓士は巻いていた首元のマフラーを緩めた。鼻の頭は寒さで赤くなっている。

「ううん。少し遅くなるかもって連絡来てたから早くて驚いたくらいだよ。急いでこなくてもよかったのに」

「いや、なんか走れば間に合いそうだったからつい。本当は六時には仕事を終わらせて会社出るつもりだったんだけどね、ちょっとだけ遅刻しちゃって」

「ふふ、お仕事お疲れ様」

拓士に会うのは三週間ぶりだった。お互い仕事が忙しく、しばらく会う時間を作れずにいたのだ。それでも、ふたりの時間が空いたとは思わなかった。拓士も「久しぶり」なんて言わずに、まるで昨日も会っていたかのように会話が始まる。この関係性が居心地よくて気に入っている。

「どこに行く？」

「とりあえず、あっちのお店見て回りたいんだけど」

指した駅ビルに向かいどちらからともなく歩き出した。若いカップルのように手を繋いだりはせずに、ただ隣に並んで歩いていく。

「紗綾ちゃんへのプレゼントだっけ？」

「うん」

拓士の言葉に頷いた。近くにいるストリートミュージシャンの歌声に数秒だけ目を向けた。

「でも、何買えばいいか全然わからなくてさ」

「真由美が選んだものならなんでも喜ぶと思うけど」

「そんなわけないでしょ。もう中学生になるんだよ。男の子ならともかく、女の子はとっくに自分の好みが固まっちゃってるんだから」

「そういうものかなあ」

今日会えないかと声をかけたのは私のほうからだ。紗綾へのプレゼントを一緒に選んでほしいと頼んだ。

来月ある卒業式に合わせ、卒業祝いと入学祝いを兼ねた贈り物をするつもりでいる。だが、何をプレゼントしたら紗綾が喜ぶのか、考えてみても思いつかず、拓士に助けを求めた。

「真由美の店のものは駄目なの？　可愛い雑貨、いっぱいあるって真由美いつも言ってるじゃない」

確かにアトリエ・アルメの商品であれば知り尽くしているし、人にプレゼントしたい品ばかりでもあるが、私の仕事に関係しているものを渡すことに、少なからず抵抗があった。紗綾なら気にせず受け取ってくれるような気もするから余計に。

「まあ、できる限り協力はするけど。僕は四十過ぎのおじさんだよ、真由美よりもよっぽど年頃の女の子の好みなんてわからないからね」

「大丈夫だって。拓士って案外センスあるから」

「一応褒め言葉として受け取っておくね」

明るい駅ビルに入っていく。このビルは下層階が商業施設になっていて、若い子向けのテナントも多く入っている。流行に敏感な子たちの集まる人気の場所だ。今も高校生や大学生くらいの女の子たちが連れ立って買い物に来ていた。

「紗綾ちゃんって、どんなものが好きなの？」

　ぶらぶらと通路を行くさなか、拓士にそう訊ねられ、私は「え？」とつい訊き返してしまった。思えば、プレゼントを選ぼうというからには、当然の問いだった。

「僕は紗綾ちゃんに会ったことないから、どんな子かほとんど知らないし」

「あ、そう、だよね」

「たとえば好きな音楽とか、ファッションとか、休みの日にやってる趣味とか、可愛い系が好きかとかボーイッシュなタイプとか」

「そうだな。紗綾は」

　紗綾は、甘いものが好きだ。これは、父親である滉平に似たのだろう。私と喫茶店で会う日も、毎回甘いスイーツを美味しそうに食べている。あとは、なんだろう。服装は、ラフなTシャツにジーンズを合わせている日もあれば、バルーンスリーブのワンピースを着ている日もあった。確か、最近人気のアイドルの話もしたことがあるっけ。どんな名前だっただろう。

　あの子の好きなもの。あの子の趣味。あの子が欲しがるもの。

　あの子について、私が知っていること。

「まあ、いろんなお店見ながら考えてみようか」

黙りこくってしまった私の肩を拓士が叩いた。

「うん。なんか、ごめん」

「謝ることないよ。ほら、あのお店よさそうだよ。見てみようか」

拓士に腕を引かれ、近くにあったアクセサリーショップへ入っていく。十代の女子をメインターゲットにした店で、商品の価格設定は低めだが、見た目は案外洗練されたものが揃えられている。

「中学生になったら友達と出かける機会も増えるだろうし、お洒落もするよね。ほら、このイヤリングはどう？　それともこっちの髪に着けるやつのほうが可愛いかな」

きらきらした店内。少女たちに紛れて、拓士は商品を手に取りながら贈り物を探してくれる。けれど拓士が持ってくるものも、自分で見てみたものも、紗綾の好みと違ったらと思うとどうにも決めきれない。

「ごめんね、他の店も見ていい？」

「もちろん。僕だって一軒だけ見て決めるつもりなんてないよ」

「うん、ありがと」

めげずに付き合ってくれる拓士と一緒に、フロアをあちこち歩き回った。ティーン向けのアパレルショップから雑貨店、高級文具店、紅茶の専門店にスポーツ用品店まで。

でも結局、紗綾への贈り物を買うことはできなかった。

「真由美ってさ、自分のお店で、プレゼントに悩むお客さんの接客とかしたりもするんじゃない？」

休憩のために入ったカフェで、拓士にそう言われた。私は無作法に両肘をテーブルに突いた。

「まあ、よくするね」

「そういうときもこんなふうに悩む？」

「全然。合いそうなものをすぐに提案できるし、悩むことなんてないよ」

アトリエ・アルメには贈り物を探しにやってくるお客さんが多く、何を買えばいいか迷ってしまう人も少なからずいる。そのときにお客さんのためになるアドバイスをするのはスタッフの大事な役割であり、私も数え切れないほどの人たちと贈り物を選んできた。

どんなきっかけで贈るプレゼントなのか、贈る相手はどんな人か、お客さんが話してくれる内容を少し聞くだけでおすすめしたい商品が思い浮かぶ。もちろん適当に選んでいるわけではなく、自分ならばこれを贈る、と正直に思えるものだけを薦めている。そして、ほとんどの場合、私が薦めたものを気に入って購入してもらえる。

そう、仕事なら、私は迷わない。贈る相手がまったく知らない人でも、その人のために合うプレゼントをすぐに決めることができるのだ。仕事であれば。

「ほんと、きみって仕事だとなんでもできちゃうのに、私生活となるとまるで不器用になるよね」

拓士が笑う。私は目を逸らし、ホットのカプチーノをひと口飲む。

「呆れてる?」

「いいや。そういうきみだって知って一緒にいるんだから。今さらでしょ」

ちらりと視線を戻すと、拓士は目を細め、コーヒーカップに口を付けた。私はまたふいと顔を背ける。

ふと、ひとりで席に座っている女性客が目に入った。書店のブックカバーを巻いた本を読んでいた彼女の姿に「そういえば」と思い出す。

「紗綾は、小説を読むのが好きって言ってた」

離婚したあとからだ。読書感想文の課題で出された本を気に入り、それから物語をよく読むようになったという。時々、気に入った小説の話をしてくれることがあった。私は小説なんて読まないから、あまり気の利いた受け答えをしてあげられなかったけれど。

「いいんじゃない、本」

拓士が声を弾ませる。

「面白そうな本を何冊かプレゼントしてあげようよ。小説なら、僕もおすすめを教えてあげられるし」

「上に大きい本屋さん、あったよね」

「うん。紗綾ちゃん、きっと喜ぶよ」

コーヒーを飲み終えると、すぐに上のフロアにある大型書店へ向かった。閉店まであと一時間もないが、店内にはまだ大勢の客の姿があった。

文庫本のコーナーに向かい、出版社別に並べられた棚を順に見ていく。有名どころしか知らない私と違い、小説が好きな拓士は、先ほどまでよりもさらに生き生きと贈り物選びに精を出している。

「あ、これこれ、最近読んですごく面白かった作品だよ。映画化が決まったらしくて試しに読んでみたらはまっちゃって。この作家さんの他の本もまとめ買いしちゃったんだよね」

「へえ、どれどれ。ふうん、確かにちょっと面白そう」

「ね。年齢問わず楽しめる内容だから紗綾ちゃんにもおすすめだよ。他には、小中学生だったら児童書のレーベルを読むのかな。僕、さすがに児童書にはあんまり詳しくないんだけど」

「子ども向けのも読むし、大人が読むようなのも、難しそうじゃなければ読んでるって言ってた」

「そうなんだ？　じゃあこっちでよさそうなの探してみて、あとから児童書のコーナーも見に行ってみようか」

拓士は書棚から次々に本を選びプレゼンしていく。私は興味の湧いた本を一冊手に取った。

私が選んだものに、拓士は満足そうな顔をして、次の本を探し始めたが、何か思うことでもあったのか、ふいに顎に手を当て目を伏せた。

「どうしたの？」

「いや、紗綾ちゃんがどんなジャンルを好むかわからないから、なるべく違う傾向のを見繕ったほうがいいかなって」

「ジャンル？」

「たとえば恋愛ものとか、ミステリーとか」

私が手に持っている本は、吹奏楽をやっている女子高生が主役の青春ものだった。高校への入学からストーリーが始まり、慣れない学校生活や将来の夢、人間関係などに悩みつつ、目標に向かっていく少年少女の姿を描いた物語らしい。本の中の女の子と同じように、間もなく新生活が始まる紗綾に、読んでもらいたいと思って選んだ。

「読書好きでも、興味がない本は読まない？」

拓士は苦笑いしながら首を傾げる。

「人によるんじゃないかな。僕は、好みの偏りはあるけど、自分で選ばないタイプの本を他人から教えてもらうのは嫌いじゃないし、おすすめされたらとりあえずなんでも読むよ」

「苦手に思う人もいる？」

「そうだねえ。いないとは言えないかな。好みがあるのは仕方のないことだから」

そっか、と私は答えた。トランペットを持った女の子が表紙に描かれた本を、元あった場所に戻した。

「やっぱり本はやめておく。図書カードにするよ。そうしたら紗綾が自分で好きな本を買えるから」

どんな話が好みかも把握していない人間に買われるより、自由に選べたほうが紗綾だって嬉しいはずだ。

紗綾は私に何度も読み終えた小説の話をしてくれた。私は話を聞いているつもりでいたが、それでも紗綾の本の好みを答えることができない。結局、その程度にしかあの子の話を聞いてあげていなかったのだ。

紗綾はいつだって一生懸命に自分のことを話し、私と向き合おうとしてくれていたのに。私はいつまで経っても、そんな当たり前のことすらできない。

「真由美がそれでいいなら」

拓士はほんの少し寂しそうに言った。私は目を合わせずに頷いて、店の中央にあるレジカウンターへ向かった。

一万円分の図書カードは、卒業と入学のお祝いとして、今度会う日に直接渡すことにした。あとは紗綾が欲しいもの、必要なものを買えるように、相応の金額を浣平の口座に振り込んでおく。もしも直接欲しいものをねだられたらそれも買ってあげよう。それくらいなら、私にもしてあげられる。

「卒業式って三月だよね。何日にやるの？」

駅ビルを出て馴染みのバーに向かう道すがら、拓士にそう訊ねられた。私は緩んだマフラーを巻き直しながら「さあ」と返事をする。

「下旬だったはずだけど、はっきりとは知らない」

「知らないって、それ大丈夫なの？　仕事の予定もあるんでしょ、早めに確認しておいたほうがいいんじゃない？」

「いや、行かないから大丈夫だよ」

「え、行かないの？」

当たり前に参席するものと思っていたようで、拓士は心底驚いた様子で声を上げた。

「入学式も？」

「うん。写真だけ送ってって言うつもり」

「せめて卒業式だけでも行ったらいいのに」

「紗綾の父親、四月に再婚するんだって話はしたでしょ。たぶん、その婚約者さんが来るだろうから」

話を聞く限りでは、会ったところで嫌な感情を向けてくるような相手ではなさそうだ。そんな人だからこそ、私が行けば気を遣わせてしまうだろう。向こうも紗綾の卒業を素直に祝いたいはずだ。だったら、とっくに離婚している生みの親など、その場にいないほうがいい。

「ああ、そういう理由かあ」と拓士が呟く。

「まさか仕事があるから、とでも言うと思った？」

「真由美のことだから無きにしも非ずってところ」

「否定できないけど、娘の門出の日くらいは、仕事があっても休むよ」

その言葉を信用しているのかいないのか、拓士はふふっと笑ってから「そっか」と相槌を打った。

「でも行かないんだよね」

「うん」

「まあ、真由美がそれでいいなら」

「その台詞、さっきも聞いた」

「僕は真由美の考えを尊重するよ。どんなときでもね」

隣を歩く恋人をちらと見上げ、冷え切った鼻先までマフラーを持ち上げる。拓士が小さなくしゃみをした。

明るい夜の街を行き交う人は、誰もが寒そうに首を縮めていた。

二月がもうすぐ終わろうとしている。春は、まだ来ない。

◆

紗綾へのプレゼントを買って一週間後。紗綾との一ヶ月ぶりの面会日となる今日、やはり一ヶ月ぶりに喫茶とまり木へとやってきた。

カウベルを鳴らし店内に入る。土曜だが、いつものパートさんの姿は見えず、オーナーの青年がひとりでカウンターに立っている。

「いらっしゃいませ。お好きな席へどうぞ」

紗綾はまだ来ていないようだ。私は前回とは反対の、カウンターが正面に見える席に座った。

ブレンドコーヒーを頼み、店内にかかる洋楽を聴きながらぼうっと待っていた。

しばらくして「お待たせしました」という声がかかる。紗綾が来るよりも先に注文したコーヒーがテーブルに置かれた。

「ありがとう」

顔を上げ礼を言う。すると、オーナーさんは毒気のない笑みを浮かべ、道路に面した駐車場のほうへと目を向けた。

「娘さん、まだ来られませんね」

「えっ?」

思わず声を上げる。娘が来るとは伝えていなかったはずだ。オーナーさんが慌てた様子で右手を振る。

「ああ、すみません。もう何度も来ていただいていますし、それに、娘さんとお父さんがうちの常連で頻繁に来てくださるので。あなたがお母さんだってことも聞いています」

「あ、いえ、顔を覚えてくださっていると思っていなかったので、少し驚いただけです。そうですか、娘たちが」

「ええ。静かに自分の時間を過ごしたいお客さんも多いですから、普段はそんなに話しかけないようにしているんですけど、今日はつい、まだかなあって思っちゃって。娘さん、礼儀正しくていい子ですよね」

「そう、でしょうか。ありがとうございます」

「ふふ、なかよしな親子さんで、素敵ですね」

オーナーさんはにこりと笑い、カウンター内へと戻っていった。

コーヒーに三度息を吹きかけ、ブラックのままひと口飲んだ。道路を見るが、紗綾はまだ来ない。そもそも約束の時間自体まだ十五分も先だ。今日も、随分と早く着いてしまった。

なかよしな親子。

と、言われた言葉を頭の中で繰り返した。

滉平と紗綾のことだろう。離婚する前から仲のよかったふたりが、今も変わらない関係性であることに安心した。

滉平は私から見てもいい父親だ。小学生の子をひとりで育てるのは大変だろうし、父子家庭となると色眼鏡（いろめがね）で見られることもあっただろう。それでも紗綾が真っ直ぐに育っているのは、滉平が父親としての愛情と責任を絶やさなかったからに他ならない。紗綾の年頃からすると、これから親子の関係が拗（こじ）れることも出てくるかもしれないが、そこはきっと、新しい母親が補ってくれるはずだ。

コーヒーをもうひと口飲んだ。なんとなく、角砂糖をひとつだけ入れた。

紗綾はまだ来ない。私はカップを皿に戻し、なんとはなしに店内を見遣る。テーブルのすぐ横に、りんご箱で作られた手作り感満載の棚があった。ハンドメイド作家の作品が並べられていることは前から知っている。たまに見ることはあったが購入したことはない。

頬杖を突きながら商品を眺めていると、ひとつの品が目に留まり、席を立った。商品を手に取ったことに気づいたオーナーさんが「あ、それ」とカウンターから顔を覗かせた。

「昨日納品されたばかりなんですよ。可愛いですよね」

「ええ。素敵だなと思って」

刺繡作家のコーナーに置いてあった一枚のブックカバー。生成りのリネンに赤い花の刺繡が施されている、既製品ではあまり見かけないデザインが目を引く品だった。

アネモネを模したのだろう刺繡は華やかで愛嬌があり、あの子に似合いそうだと思って、つい手に取ってしまった。

手作りの刺繡雑貨はひとつとして同じものはない。デザインだけならば他に同じものもある中から、どうしてかこれを選んだ。

「あの。これ、いただけますか？」

少し悩んでから、オーナーさんに商品を渡した。

「はい、もちろん。ありがとうございます。ラッピングします？」

「してもらえるんですか？」

「あんまり可愛くなくてもいいなら」

雑貨店ではないのだから、そもそも贈り物用の包みを期待してすらいなかった。

私は「お願いします」と言って、先に席に戻った。

少ししてオーナーさんがテーブルへやってくる。ブックカバーは、蠟引き（ろうび）きの紙袋に入れられ、麻紐（ひも）と小さな造花とで飾られていた。

「ありがとう」

「こちらこそ。あ」

オーナーさんが声を上げる。視線は窓ガラスの外を向いている。

「いらっしゃいましたよ」

店のドアが開き、カウベルが軽やかに音を鳴らした。店内に入ってきた紗綾が私に気づいて、へらりと笑った。

「お母さん、お待たせ。結構待った？」

「ううん。まだコーヒーもふた口しか飲んでないよ」

ブルゾンを脱いで席に座り、勝手知ったるふうに紗綾はメニューを開く。オーナーさんが水とおしぼりを置いていった。多分あの人は、さっきのブックカバーが紗綾への贈り物だと気づいている。

「今日はねえ、カフェラテにしようかな。デザートも食べていい？」

「ダイエットはやめたの？」

「うん。好きなものを好きなように食べるほうが、人生楽しいって気づいちゃったから」

「そう。いいんじゃない」

コーヒーカップに口を付ける。砂糖を少し入れたから、苦いけれど、ほんのり甘い。

「ねえ、今日はお母さんも甘いもの食べたいから、紗綾が何か選んでくれる？」

紗綾が驚いた顔をし、それから嬉々(きき)としてメニューを選び出した。決まったものを注文し、いつもと同じように何気ない会話を交わす。

やがて頼んだ品が届いた。紗綾が私に選んだのは、ビターなキャラメルソースのかかったパフェだった。

甘すぎないパフェは私の好みに合っていた。たまたまなのか、それとも紗綾が私の嗜好を知っていて選んでくれたのかは、わからない。

「美味しかった。ごちそうさまでした」

私が食べ終えてすぐ、紗綾もストロベリーパフェを平らげた。

私は残っていたコーヒーを飲み干し、ラッピングされた図書カードをテーブルに置いた。

「もうすぐ卒業式でしょう。これ、卒業と入学のお祝い」

「え、うそ！」

紗綾が長方形の薄い包みをぱっと手に取る。

「図書カードだ！　ありがとう、欲しい本いっぱいあるから嬉しい！」

「本以外にも欲しいものがあったら言ってね」

あとこれも、と、先ほど買ったばかりの品も紗綾に差し出した。紗綾は「なんだろう」と呟きながら、紙袋の表と裏を眺めている。

「開けてもいい？」

「あー、うん。いいよ」

麻紐を解き、紙袋の口を開ける。中には、透明の袋にしまわれた刺繍のブックカバーが入っている。

「わっ、可愛い！　ブックカバー？」

「うん。なんか、紗綾に似合ってるなって思って」

「へへっ、そうかな。あれ、これもしかして、そこに売ってるやつの仲間？」

紗綾が商品棚に目を向けた。私は思わずどきりとして、「うん」と答えるまでに少し間を空けてしまった。この店で買ったものと知れば、あり合わせのように思われてしまいそうだ。思われたとして否定はできないが、それは紗綾にもオーナーさんにも申し訳ない気がする。

けれど私の憂いとは裏腹に、紗綾は目を大きく見開いて、丸い頬を紅潮させた。

「ここの雑貨ね、前から買ってみたかったんだよね。えへへ、今まであそこにあったものの中でこれが一番可愛い」

宝物のように手のひらで包み、紗綾は刺繍を指先で何度もなぞる。

「お母さん、ありがとう」

——真由美が選んだものならなんでも喜ぶと思うけど。

拓士の言ったことが頭に浮かんだ。そんなはずないと、あのときの私は思った。

けれど。

こうやって、素直に選んであげたらよかったのだろうか。本でもアクセサリーでも雑貨でも、私の店のものでも、変に気負わなくても、私が紗綾のことを考えて選んだものなら、この子は喜んでくれたのだろうか。

どうすることが正しいのか。何をしたら紗綾のためになるのか、私はいつもわからないし、いつも、間違える。

「ねえお母さん」

改まって呼ばれた。「何」と返事をする。

「卒業式、来てくれない？」

え、と声を漏らしてしまった。

紗綾は一度視線を逸らしてから、上目で私を見た。

「やっぱ仕事忙しい？」

「いや、そんなことない。休めるけど」

紗綾の丸い目がじっと私を見つめている。

一瞬だけ息を止めた。見定められていると感じた。もしもここでまた間違えれば、紗綾は二度と私と会わないのではないか。どうしてかそんなふうに思った。

「でも、お父さんも、その、麻里ちゃんも来るんでしょう」

「お父さんたちに会いたくない？」

「そうじゃなくて、ただ、お父さんたちのほうが、お母さんにあまり会いたくないんじゃないかなって」

紗綾が唇を結んだ。何度か首をひねってから「わかんない」と答える。

「でも、わたしがお母さんに来てほしいから。お父さんと麻里ちゃんにはわたしから言っておくよ」

「紗綾は、お母さんが卒業式に行って、お父さんたちに会っても、嫌じゃない？」

「うん」

紗綾が頷く。私は間を空けてから、頷き返した。

「わかった。行くね、卒業式」

「本当？」

「うん」

答えれば、紗綾は顔を綻(ほころ)ばせた。私は紗綾に聞こえないように細く息を吐き出して、空になったコーヒーカップの縁をなぞった。

しばらく雑談をし、一時間ほど経って店を出た。紗綾を見送ってから、車の中で、手帳に卒業式の予定を書き入れた。仕事が入っている日だ、すぐに調整をしなければ。そう考えながら、間もなく使い終えるくたびれた手帳を閉じる。

エンジンをかけ、ギアをドライブにする前に、スマートフォンを手に取った。アプリを開いて拓士にメッセージを送る。

『卒業式に行くことになった』

既読がすぐには付かないことはわかっているから、返事を待たずに車を発進させた。夕方に帰宅する頃には、拓士から返事が届いていた。

『わかった。行っておいで』

そして、話をしたければいつでも電話をして、と。

すぐに電話しそうになるのを堪え、コートを着たままソファに突っ伏す。紗綾と会った日はいつも妙に気怠い。たぶん、紗綾と会うたびに緊張しているからだと思う。会うこと自体は決して嫌ではないのに、どうしてこうも緊張などするのだろうか。理由はよくわからない。けれど私はいつも、紗綾に会うのが、嫌ではないのに、少し怖い。

「卒業式、かあ」

離婚したとき、紗綾は小学校に入学したての一年生だった。それがもう卒業だ。

紗綾にとっては長い日々だっただろうが、私にとってはあっという間だった。何も変わらないまま、気づいたら過ぎていた、五年間だった。

◆

「この一等地、雰囲気はいいけど、もうちょっとお客さんの目線を考えた並びを意識して。今だと少し視線がばらけちゃうから、ストーリー性を持たせて、順番に視線が移っていくように」

「はい、わかりました」

「ここをこうしてみるとかね。このほうがPOPも活きるし。それにしても相変わらずPOP描くの上手だね。さすが」

そう声をかけると、スタッフの子は照れた顔をして、早速売り場の改善を始めた。

私は店内を見て回りながら、バックヤードで作業をしているらしい佐田ちゃんのもとへ向かった。

「佐田ちゃん、お疲れ」

「うわ、真由美さん、お疲れ様です。いつの間に来てたんですか」

「今。ちょっとだけ売り場のアドバイスしてたとこ」

「ありがとうございます。一等地ですよね。私もあとで確認しようと思ってたところだったんですけど、先越されちゃいましたね」

「たまには私もスタッフの指導しないとね」

棚に鞄を置きコートを脱ぐ。着ているのは薄手のスプリングコートだが、三月に入ってから急に暖かくなり、コートがあると汗ばむような日も多くなってきた。

「佐田ちゃん、西浦店にお知らせがあるんだけど」

「はい」

「来月、北九州エリアからひとり、こっちに異動してくることになったから」

「えっ」

西浦店は新規スタッフの募集を続けていたが、なかなかいい縁がなく、決まることなく今に至っていた。先日ひとり退職してしまい、現状はスタッフの数が足りないまま、近隣店舗からのヘルプで賄っている状態だった。早急にどうにかしなければと本社に人員を要請してみたところ、他県から社員がひとり移ってくれることになったのだ。

「助かります。でもそんな遠くから異動なんて珍しいですね」

「以前こっちのほうに住んでたことがあるらしいよ。その縁で転勤を希望してくれたって」

「へえ、そうなんですか。何にしろありがたいです。来月まで頑張ろう！」

「スタッフたちにはできるだけ負担がないように努めるから。あと少しだけよろしくね」

話しているとスタッフに呼ばれた。売り場を直したからもう一度見てほしいとのことだった。佐田ちゃんと一緒に確認しに行くと、先ほどまでよりも目を引くいい売り場に変わっていた。

「エリアマネージャーのアドバイスを参考にしてみたら、いい感じにできました」

スタッフの子は言う。

「エリアマネージャーってなんでもそつなくこなして、尊敬しちゃうなあ」

「わかる。真由美さん、かっこいいよね」

「私もエリアマネージャーくらい仕事できるようになりたいです」

「意欲があるのは素晴らしいけど、私を美化しすぎないでよ。こう見えて自他共に認める不器用なんだから」

そう言うと、スタッフの子は意外そうな顔をして、佐田ちゃんは大口を開けて笑った。

私も苦笑いを浮かべる。決して謙遜などではない。仕事ができる自信は確かにあるが、私にできるのは仕事だけだ。他は何をやってもうまくいかないし、そもそも努力することすら怠ってきたような気がする。尊敬されるどころか、軽蔑されてもおかしくない、ろくでもない人間だ。

「そういえば真由美さん、明日お休み取ってるんですよね」

佐田ちゃんの問いに頷く。

明日は紗綾の卒業式の日だ。行くと決まった日にスケジュールを調整し、一応滉平にも連絡を入れ、新しいスーツを買い、拓士に直接話した。

娘の、門出の日。

「早いですねえ、もう卒業なんて。ついこの間入学式に行ったって言ってたような気がしますけど」

「そうだよね。あっという間」

何かが変わる暇もないほどに、いつの間にか過ぎてしまっていた日々だった。私はずっと、彼らと家族でいることをやめた、あのときのままだ。

「真由美さんも、紗綾ちゃんの晴れ姿見て泣くんですかね」

茶化すように佐田ちゃんが言う。

「さあね」

と、私は肩をすくめて答えた。


紗綾が小学校に入学した日のことはよく覚えている。見頃の過ぎた桜が残り少ない花びらを散らす、うららかな四月の初めだった。

入学式には滉平とふたりで行った。絶対に仕事を休めと随分前から口酸っぱく言われていたから、その日は何があっても呼ばないでと、私も随分前から各店の店長たちに伝えていたのだった。

新品のベージュのランドセルを背負った紗綾は、はしゃぎながら私と滉平の間を歩いていた。滉平も嬉しそうで、しきりに辺りの子たちを見回しては、うちの子が一番可愛いな、なんて親馬鹿な発言をこっそり私に伝えていた。

——写真撮ろう。

そう言ったのは、紗綾だっただろうか。他の家族が撮っているのを見て自分も撮りたいと思ったのだろう。近くにいた他所の父親に頼み、滉平のスマートフォンで親子三人の写真を撮ってもらった。学校の自慢の桜の木の下で、並んで笑った私たちは、確かに、きちんと、家族であるように見えていた。

娘と、父親と母親。

結局そのあとすぐに離婚してしまったのだけれど。もしも、あの写真の中のように、今も私たちが家族であったなら……私がきちんと紗綾の母親でいられたなら、私たちはどんなふうにこの五年を過ごしたのだろうか。

どんなふうに、あの子を見守ったのだろうか。どんなふうに紗綾は成長したのだろうか。

あの子のそばに私がいれば、今と何か、違っただろうか。

そんな仕方のないことを、なぜかずっと考えてしまう。

◆

平年よりも早く咲き始めた桜が、四月になるのを待たずに満開になろうとしていた。瞬く間に暖かくなった三月の下旬。私は新調したばかりのブラックのパンツスーツを着て、紗綾の小学校へ向かった。

学校にはすでに多くの保護者が到着していた。その人波に紛れ、卒業式の行われる体育館を目指していると、遠くから「真由美」と声がかかる。

「久しぶり」

「滉平。本当、久しぶりだね」

スーツを着た滉平と、その隣に大人しそうな女性――婚約者の麻里ちゃんがいた。

嫌みのない笑みを浮かべ会釈をする麻里ちゃんに、私も頭を下げ返す。

「初めまして。紗綾から、いつもお話を聞いています」

麻里ちゃんは私よりも背が低く、少しだけ癖のある髪が可愛くて、優しそうな性格が顔に出ている人だった。滉平も随分素敵な女性を摑まえたものだ。私とまったくタイプが違いそうなあたり、滉平なりに失敗を反省して選んだ人なのかもしれない。

「結婚するんだってね。おめでとう」

「ありがとう。来月の初めに籍を入れる予定なんだ」

「ふうん。式は挙げるの?」

「挙げたことないから挙げる予定」

私のときに結婚式をしなかったことを暗に皮肉っているのだろうか。一緒にいたときは自分に反省点が多すぎたせいで滉平をできた人だと感じていたが、こうして見ると意外と嫌な奴だなあと思う。

麻里ちゃんは、私たちとは離れた場所で卒業式を見学するという。別に私のほうがひとりでいいのにと思ったが、気を遣ったのかさっさと麻里ちゃんがどこかへ行ってしまったため、仕方なく滉平とふたりで保護者席に向かった。空いている椅子に並んで座り、式が始まるまでの間、当たり障りない会話を二、三交わす。

「変わってないな、おまえ」

と何かの話題の最中滉平に言われた。私は返事をしなかった。

やがて卒業式が始まり、静まった会場へ、卒業生たちが入場してくる。

開式のことば。国歌斉唱。校歌斉唱。式次第どおりに式は進んでいき、卒業証書授与の時間となった。児童ひとりひとりの名前が順に呼ばれ、舞台上で校長先生から直接卒業証書を手渡される。

これまでに何度も練習してきたのだろう。呼ばれた児童は大きな声で返事をし、胸を張って、ライトの当たる舞台の上へ歩いていく。今日までこの場所で過ごし、成長した証（あかし）を貰うために。この場所から旅立ち、また新しい場所へ向かうために。次の一歩を踏み出すために、子どもたちは、立ち上がって歩いていく。

保護者席の至るところから洟を啜（すす）る音が聞こえた。我が子の成長した姿に、多くの親が心を揺さぶられていた。

「三島紗綾」

スピーカーから響いた名前に呼吸を止める。知らず両手をきつく握っていた。ちらと見れば、滉平もまったく同じことをしていた。

「はい」

凜とした声が響き、中学のセーラー服を着た紗綾が、中央の通路を通って舞台まで向かっていく。

たった一瞬の瞬きすらせずに、私は揺れる娘の黒髪と、背中を見ている。

胸を張って歩く娘が、まるで知らない子に見えた。

いつかの記憶が頭に浮かぶ。私の腕の中で真っ赤な顔をして泣いていた子。覚束ない足取りで私を追いかける子。あどけなく笑い、私を呼んでいた、あの子。

私にとっては鮮明に思い出せるほど身近な記憶だ。紗綾は、誰かに大切に守られなければ生きてはいけないような、小さな小さな子だと、今もどこかで思っていた。

けれど。

ああ、そうか。

私の知っている紗綾は、もう、ここにはいないのだ。私の知っている紗綾など、もうとっくに、どこにもいない。

「おまえでも、感動して泣くことなんてあるんだな」

舞台の真ん中に立った紗綾が、校長先生から卒業証書を受け取った。私は手の甲で雑に涙を拭う。

「違う。これは」

紗綾の姿を見ていたら無性に泣けてきた。娘の成長に感動したわけではない。あまりにも自分が情けなかったからだ。

私は、母親になれなかった。

下手くそで不器用で、向いていなくて、愛情のかけ方に失敗して、家族に迷惑しかかけられなかった。それを申し訳なく思っていたけれど、なんてことはない、紗綾は私なんていなくても、自分の足で立ち前を向く、立派な子に育った。

私が何も変わらず、いつまで経っても母親らしいことを何ひとつしてあげられない間に、紗綾はとっくに私を――母親を、必要としなくなっていたのだ。

もしかしたら、今日あの子が私を呼んだのは、それを伝えるためだったのかもしれない。きっと、今日で私は本当に、あの子の母親ではなくなる。

「あのさ」

と、滉平が言う。

「何」

「真由美には言いたくなかったんだけど」

紗綾が舞台を降りていく。俯いて洟を啜る私に、滉平がぽつりと、独り言をこぼすように話す。

「彼女と再婚してもいいかって紗綾に訊いたとき、あいつ、すぐに賛成してくれたんだ。麻里のこと好きだから家族になれるの嬉しいって、喜んでくれて」

「よかったじゃん。何が私に言いたくないことなの」

「紗綾が結婚に対して出した条件だよ」

「条件？」

うん、と滉平は答え、少し間を空けてから続ける。

「紗綾は結婚に賛成してくれた。でもひとつだけ条件を出したんだ。彼女を、お母さんとは呼べないって」

顔を上げ滉平を見た。滉平は、すでによその子が立っている舞台の上だけを見ていた。

「麻里はそれでもいいって言ってくれたけど、正直言って、俺としては不本意だったよ。別に紗綾の母親になってほしくて彼女と結婚するわけじゃないけど、それでも麻里は紗綾を愛してくれてるし、大事にしてくれてると思ってる。よっぽど、おまえより麻里のが母親らしい」

それは否定しない。私だって、滉平が再婚すると聞いて、いい人が紗綾の母親になってくれることに安心したのだから。

そう、紗綾に新しい母親ができることに、私は心底からほっとした。

ほっとした理由は、なんだっただろう。紗綾をそばで守ってくれる人ができたから？　違う。なら、母親という役割から本当に外れられるから？　それも違う。

「紗綾が麻里をお母さんって呼べないの、どうしてかわかるか？」

「……わからない」

「そうだよな。俺もわからなかった。麻里は納得してくれてるし、紗綾にも無理強いはしたくないから、それでもいいかって思うようにしたけど、訳だけは知っておきたかったから、訊いたんだ」

「紗綾はなんて？」

「真由美が紗綾のお母さんだからって。真由美が、紗綾のお母さんであろうとしてくれてるからだって、紗綾は言ってた」

滉平がこちらを向いた。感情の混ざった表情をしていた。

私は、どんな顔をしているのだろう。今までもどんな顔で、私は、あの子の前にいたのだろう。

「私が、お母さんであろうとしてるって、そんなこと」

「俺も同じ反応したよ。真由美がって。だっておまえが全然母親らしいことしなかったから俺たち駄目になったんだろ。おまえだってそれを自覚してるだろうし」

「うん」

「でも紗綾が言ったんだ。真由美は母親であろうとしてる。だから紗綾も真由美を母親と思ってるんだって。家族の形がどんなふうになったとしても」

――お母さん。

離婚する前も、した後も、あの子は私をそう呼んだ。私以外を母と呼ぶことはなかった。でも私はいつも緊張していた。紗綾がいつ私を「お母さん」と呼ばなくなるか、いつだって不安で、怖かった。

紗綾に新しい母親ができると知りほっとしたのは、これで諦められると思ったからだ。私が、紗綾の母親になることを、ようやくきっぱり諦められるから。もう、足掻(あが)かなくていいと。

母親のなり方がわからなかった。自分の子どもへの接し方も、これまでの自分の生き方を変える方法も、家族の正しい守り方も、今もまだわからない。家族という関係性の中で生きることは、私には息苦しかった。けれど確かに愛していた。

紗綾のいるお腹(なか)を撫(な)でていたとき、あの子が大きな産声を上げたとき。目の前で初めて立ち上がったとき。六年前、今日のように滉平とふたりで並んで座り、入学式に挑む紗綾を見守っていたとき。

私は確かに幸せを感じていた。そしてこの子がいつまでも幸せであればと願っていた。幸せを、願わせてほしかった。

そう、そうか。

私はずっと、紗綾の母親でありたかったのか。

「馬鹿みたい」

顔を伏せ、目元を両手で覆う。

「滉平は私を笑う？　怒る？　散々家庭を蔑(ないがし)ろにして、紗綾に寂しい思いばっかりさせて、大変なことは全部滉平に押し付けておきながら、今もあの子の母親でありたがってるなんて」

手放したつもりでいながらずっと縋(すが)っていた。調子のいい話だ。そのくせ自分ですら気づいていなかったのだから、笑い話にもならない。

「素直には認められないよ。俺が大変だったってのはともかく、おまえが紗綾に寂しい思いをさせたのは違いないし、そのうえあんな小さな子に気だって遣わせてたんだから。俺たちが離婚するとき、紗綾がすぐに俺のほうを選んだ理由、おまえが好きなだけ仕事を頑張れるようにって、おまえ知らないだろ」

「……うん。そうだったんだ」

「おまえはいい母親じゃない。紗綾のために、何もしてない。俺は、母親としてのおまえを、これからも絶対に認めない」

「うん」

でも、と、滉平は言う。

「俺は、おまえには家族への思いすら最初からないんだって思ってた。そこを見透かせなかったのは俺が悪い。俺もちゃんとおまえを見てなかったってことだ。親としての在り方は、おまえが駄目だったって思うけど、俺たちが家族でいられなかったのは、おまえだけの責任じゃなかった」

滉平は長く息を吐いた。卒業証書の授与はいつの間にか終わり、校長先生の式辞が始まっていた。

「愛があればそれでいいとは思わない。行動が伴わなきゃ気持ちなんて意味がない。けど、何もないのと愛があるのとは、全然違う」

「うん」

「紗綾に気づかされたんだ。俺も、おまえも」

吐き出された言葉に、もう一度うんと頷いた。

「私よりも、私のこと、紗綾のが知ってたんだね」

「俺よりもな。たぶん、紗綾がもっと大きくなってから離婚の話になってたら、いろいろ違ったかもしれないよ」

「うん。でも私たちみんな、きっと今の形が一番いいんだと思う」

「俺もそう思う」

――お母さんのしたいようにしたらいいよ。

いつか紗綾にそう言われた。思っていた以上に甘やかされていたことに、今になってようやく気づいた。私の思いも、性格も、全部知ったうえであの子はまだ私を母と認め、同時に、呼吸のしやすい場所で生きることを許してくれる。

なら私には何ができるだろう。

今さら何か変えることはできないし、紗綾も滉平もそんなことは私に期待していない。これから彼らは新しい家族の生き方を始める。私も、もう手放せない大事なものを抱えてしまっている。

自分の本音を知っても、私はやっぱり私を変えられない。そんな人間でも、今持っている大事なものを、これからも大事にし続けることくらいは、許されるだろうか。

この手に抱えられるものの量は決まっている。望むものすべてを得ることはできない。生きていくうえで諦めなければいけないものは山ほどある。けれど、持てるものは、たったひとつとは限らない。

私を形づくる誇り。どんな私でも隣にいてくれる人。そして、かつての家族への小さな愛情くらいは、私の手にも、抱えていけるのだと思う。


「お父さん、お母さん。麻里ちゃん」

卒業式が終わり、教室での最後の時間も終え、卒業生たちがわらわらと校舎から外へ出てきた。しばらくは同級生や先生たちと写真を撮ったり話したりしていたが、やがて紗綾は、待っていた私たちのもとへやってきた。

「卒業証書のとき、見てた？　超いい感じに返事できたでしょ」

「うん。一番立派だった」

「えへへ。それは言いすぎだよ」

もう自由に帰宅していい時間だが、周囲にはまだ卒業生とその親たちが名残惜しそうに集っている。

一度だけ強く風が吹いた。八分咲きの桜の木から花びらが一斉に舞い散る。

「ね、写真撮ろう」

紗綾に手を引かれ、校庭の桜の木のそばに立った。紗綾の入学式のときにも写真を撮った場所だ。

まず私がカメラマンになり、紗綾と滉平と麻里ちゃんの写真を撮った。それからスマートフォンを麻里ちゃんに預け、代わりに私が彼女のいた場所へと立った。滉平の肩に付いていた花びらを払う。

「あのさ」と紗綾が言う。

「何？」

「わたしね、かわいそうとか、いっぱい我慢してるでしょって、親戚の人なんかに言われることがあったんだ。お父さんたちが離婚して、お母さんが仕事優先しておうち出てってさ。家族は一緒が一番いいのにってみんな言ってて」

紗綾は風で乱れた前髪を直している。

「でもわたしはさ、あんまりそういうふうに思ったことないんだよね。一緒にいても喧嘩してるの見るほうが嫌だし、離婚してからのほうがお父さんもお母さんも素って感じで、わたしとしては好きだし。わたしたちには今のが丁度いいって感じがするよ」

そう思わない？　と紗綾は言って、私と滉平の手を握った。

ごめん、とつい口にしてしまいそうになるのを堪える。この子に渡すべきなのはそんな言葉じゃない。

「そうだね」

「でしょ」

「紗綾」

「ん？」

「卒業おめでとう」

顔を上げた娘が、丸い目をぱちりと瞬かせてから、にいっと唇で弧を描く。

「ありがと」

「こちらこそ、ありがとう」

「何が？」

「なんでもない。これからもよろしく」

「えへへ。こちらこそ」

「はい、撮りますよー」

麻里ちゃんの弾んだ声が届く。滉平と、紗綾と、私。大きくなった手のひらを握り返して、私は小さなレンズに向かい笑った。

2話　コーリング・ミー

学校は嫌いじゃないけれど、それでも放課後になってからようやく一日が始まるような気がする。

くたびれた鞄を机の横から取り上げて、スマートフォンとペンケースだけを突っ込んだ。帰りのホームルームが終わり、クラスメイトの多くが部活に向かおうとする中、どこの部活動にも入っていない僕は、早々に帰宅の準備を始める。

「おーい、駆（かける）」

席を立ったところで流星（りゅうせい）に呼ばれた。流星もすでにリュックサックを背負い、帰る支度を済ませていた。

「何？」

「山岡（やまおか）たちと遊びに行くんだけど、おまえも行かね？」

流星がちらと目を向けた廊下には、別のクラスの友達が何人か集まっていた。時々一緒に遊んでいる面子（メンツ）だ。手を振る友達に、ひらひらと振り返す。

「悪い。今から用事あるんだよ」

「あ、そうなの」

「また誘って」

わかった、と流星はあっさり答えた。けれど立ち去ろうと後ろを向いたところで、一回転する形でなぜかもう一度僕に向き直る。

「駆ってバイト辞めたんじゃなかった？」

「うん、そうだけど、なんで？」

「や、おまえたまに用事あるって言うからさ。なんの用事だろなって思って」

思わず言葉に詰まった僕に、流星はじとりとした視線を向けた。

「おい、まさか彼女じゃねえだろうな。おまえ、おれが全然彼女できないのにいつも自分だけ！」

「違うよ。そんなんじゃないって。ていうか、いつもってなんだよ」

「本当かぁ？　いつもおまえばっかりモテるだろ」

「彼女なんていないの知ってるだろ」

「ふうん。ま、彼女じゃないならいいや。んじゃまた明日な」

ころりと表情を変え颯爽と去っていく流星を見送り、僕は鞄の紐を肩に掛け直した。ひとりで廊下に出ていくと、「駆くん、バイバイ」と近くにいた女子たちに声をかけられたから、「うん、バイバイ」と答えて通り過ぎた。

買ったばかりの腕時計を見る。待ち合わせまではあまり時間に余裕がない。小走りで昇降口に向かう。

一旦家に帰り、昨日のうちに用意していた荷物を持ってから、制服のまま家を出た。待ち合わせ場所の『喫茶とまり木』までは歩いて十分ほど。急ぐあまりほとんど駆け足になっていたせいで、店に着く頃にはすっかりシャツの下が汗ばんでいた。ネクタイを緩め、息を整えてから店のドアを開ける。

カラン、とベルが鳴り、オーナーさんとパートのおばさんがいつものように出迎えてくれる。

「あ、駆くん、いらっしゃい」

「こんにちは。お邪魔します」

「羽須美(はすみ)さん来てるよ」

オーナーさんが目を遣ったほうを見ると、テーブル席に座った羽須美さんが右手を上げていた。オーナーさんにアイスカフェオレを頼んでから、羽須美さんの向かいに腰掛ける。

「すみません羽須美さん、遅くなっちゃって」

「いいえ。学校忙しいんだから、急いでこなくていいっていつも言ってるのに」

「いや、わかってるんですけど、毎週楽しみにしてるからつい」

僕がそう言うと、羽須美さんは目を糸みたいに細めて笑った。皺の目立つ骨張った指で、真っ白のショートヘアを耳にかけていた。

羽須美さんは、一年前にこの店で知り合った、同じ趣味を持つ僕の友達だ。この前誕生日が来たばかりで、確か七十五歳になったと言っていただろうか。旦那さんを十年以上前に亡くされていて、この近くで娘さん夫婦と暮らしている。孫が五人いて、一番下以外は僕よりも年上なのだという。

「今日は新作も持ってきたんです。見てもらえますか？」

「もちろんよ。どんなものかしら」

僕は、台紙と一緒にクリアパックに入れてある作品をテーブルに並べた。プレートとスティックのメタルパーツにシェルを合わせたピアスと、雫(しずく)型のガラスビーズと大きめのフープパーツのピアス。定番で作っているこれらの他に、べっ甲模様のアクリルパーツを主役にシャンパンカラーのビーズを合わせた大振りのブレスレットも持ってきた。同じ系統のデザインで、モスグリーンと、ミルキー系のパープルカラーを基調としたものもひとつずつ。

「あら、素敵じゃない」

羽須美さんが老眼鏡をかける。テーブルに置いてあるうちのひとつを手に取って、もう片方の手で眼鏡の蔓（つる）を持ちながら、まじまじとアクセサリーを眺める。いつものことながらとても緊張してしまう。でも僕は、僕の作ったものを羽須美さんに一番に見てもらうのを、何より楽しみにしていたりする。

「ブレスレットは珍しいわねえ。デザインは同じでも、色味が変わるだけで雰囲気がこんなにも違ってくるのね。駆くんは相変わらず、色の使い方がお洒落ね。作りも丁寧」

「ありがとうございます。薄着になる時季なので、ブレスレットの需要が出てくるかなって思って」

「ええ、いいと思うわ。年齢も問わないし、人気が出そう。ああそうだ、ピアスもお揃いのデザインで作ってみるといいんじゃないかしら。お揃いだと、セットで買う人もいると思うの」

「それいいですね。考えてみます」

やった、と心の中で叫んだ。声には出さなかったけれど、顔には少し喜びが滲（にじ）み出てしまったかもしれない。羽須美さんは気になるところがあるときには必ずアドバイスをくれるから、ただ褒めてくれるときは本当にいいと思ってくれているときなのだ。

「羽須美さんは？」

「私はね、今日は新しいのはないの。いつものメンバーの補充」

お気に入りという籠バッグから取り出したものを、羽須美さんはテーブルに並べていく。

羽須美さんが得意とするのは、刺繍を施した布製品だった。ブローチやポーチ、巾着袋など種類は様々。繊細な刺繍は、必ず花がモチーフとなっていて、定番の柄の他に、度々限定の柄も作ることがある。

今日持ってきていたのは、黄色い小さな花が可愛らしいミモザの刺繍ばかりだった。羽須美さんが数年間使っているというデザインで、ミモザ作品を全種類集めているというファンも多い。

「このミモザシリーズ、本当に人気ですよね。僕はアネモネシリーズも好きだけど」

「ふふ、アネモネも最近よく出るのよ。前にひとつだけ作ったブックカバーはすぐに売れちゃったし」

「ですよね。置いてから、次来たときにはもうなくなってて。すごいなあ」

「時間がかかるからなかなか作れないけれど、そろそろもう一度作りたいわね」

羽須美さんが視線をずらすのにつられ、僕も同じほうへ目を遣った。店のレジの横に、りんご箱を重ねて作った棚があった。そこには、喫茶とまり木が作家から委託されて販売している、ハンドメイドの商品が並べられている。

僕も羽須美さんも、その場所を借りて作品を売っている作家のひとりだ。羽須美さんは喫茶とまり木がオープンした直後から、僕は半年前から、この店で作品の販売を始めていた。

刺繍作家である羽須美さんの作品は、この店で一番人気があった。出せばすぐに売れてしまうほどで、制作のほうが追いついていないくらい。でも羽須美さんのファンは、いつだって気長に楽しみに待ってくれる人たちばかりだから、羽須美さんも急ぐことなく自分のペースを大事にしている。

僕は、羽須美さんとはジャンルの違う、ビーズアクセサリー作りをメインに活動していた。チェコビーズや天然石を使い、女性向けのピアスを主軸に、たまに他のアクセサリーの制作もしている。最近ようやく思ったとおりに売れてくれるようになってきたところだ。

最初は、自作のアクセサリーを販売することに戸惑いもあった。でも、ひとりでただこっそりと作っていたときよりは、今のほうがずっと楽しいっていう自覚がある。

「いつか羽須美さんの作品くらい、僕の作ったものにも、好きって言ってくれる人ができるといいです」

少し恥ずかしいことを言ってしまったが、羽須美さんは茶化すことなく頷いてくれる。

「きっといるわよ、そういう人たち。私だってそうだもの。駆くんの作るものが好きだし、作家として尊敬もしてる」

「尊敬だなんて、そんな。僕だって、羽須美さんにすごく憧れているのに」

僕が喫茶とまり木での作品販売を始めたのは、羽須美さんの勧めからだった。

羽須美さんと知り合ったきっかけはこの店で。母さんに連れられて客として来たときに、ふと羽須美さんの作品が目に留まり、棚を眺めていた。そうしたら、たまたま羽須美さんも店にいて、僕に声をかけてくれたのだ。

——熱心に見てくれてありがとう。それ、私が作ったのよ。

アルバイトを始めたばかりだった僕は、お金がないから商品を買う気などなかった。それなのに作家さんに話しかけられてしまって、正直どう返したらいいかわからなかった。確か、適当な返事をしてその場を離れたと思う。けれど、何日かして、ひとりで店に行ったとき、また羽須美さんに会って、声をかけられて、僕はつい、家族以外の誰にも話したことのなかった趣味の話を……小さい頃から続けていたビーズアクセサリー作りの話をしてしまったのだ。

——まあ、そうなの。よければあなたの作品を見せてくれない？

もしかしたら羽須美さんは、僕がその言葉を待っていたことに気づいていたのかもしれない。

別の日に約束をして、高校受験の日よりも緊張しながら喫茶とまり木に向かい、羽須美さんに手作りのビーズアクセサリーを見せた。バイト代を使って買ったパーツで作ったピアスだった。女性向けのデザインだし、僕はピアスの穴を開けていないから、自分で着けることはない。でも作るだけで楽しくて、お金を貯めては素材や道具を集め、デザインを考え、作り続けていた。

身内以外に見せたことのなかったそれを、羽須美さんは小さな女の子みたいに声を上げ、素敵だと、褒めてくれたのだ。

——華やかで可愛らしい。素敵なアクセサリーね。

僕は心がくすぐったくなりながら、何も言えずにテーブルの木目を見ていた。本当に、何も言葉が出なかった。あんなにも嬉しいと感じる瞬間は、これからの人生の中でもそう訪れないと思う。

それから何度か羽須美さんと会い、互いの作品を見せ合った。いつからかそれが毎週木曜日と決まり、学校が終われば当たり前のように喫茶とまり木に行くようになった。そんなとき、とまり木のハンドメイド売り場にひと箱分空きが出た。

――駆くん、販売してみたら？

羽須美さんの言葉は僕には思いもよらないことだった。僕のアクセサリー作りはあくまで趣味でしかなく、作品を売りものにするなんて考えたこともなかったから。

もちろんすぐには答えを出せなかった。今思えば、すぐに断ることなく悩んでいた時点で、自分の中の答えなんて決まっていたのかもしれないけれど。

――私だって刺繍は趣味よ。人に使ってもらうのが嬉しくて、ちょっとお小遣いを貰える程度に値段を付けているだけ。とまり木さんは委託料も箱代だけでとてもお安いから、気軽に始められるのよ。

そうして僕はここで作品の販売を始めた。時々母さんや親戚にあげる以外は誰にも見せてこなかった、自分のための作品を、他者のための商品として作り始めることになったのだ。

僕の小さな店を持ってから半年が過ぎた。販売開始直後はなかなか動かなかった売り場も、近頃は頻繁に売れるようになってきている。元々利益を得ようと思って始めたわけではなかったけれど、売れ始めるとやっぱり嬉しくて、制作の意欲もスピードもどんどん上がってきたように思う。

いつまで続けられるかはわからない。できるだけ長くとは、考えているけれど。

「わっ、可愛い」

アイスカフェオレを持ってきてくれたパートのおばさんが、僕らの作品を見て目を輝かせた。

「羽須美さんのはきっとまた瞬殺ね。駆くんのも素敵だわあ。娘にひとつ買っていこうかしら」

うちの娘こういうの好きなのよ、とパートのおばさんは新作のブレスレットを手に取る。

「これ、今日店に並べるやつ？」

「はい。ブレスレットは初めてなので、試しに置いてみようかと」

「なら仕事終わったら買って帰るわ。すぐになくなりそうだから。最近駆くんのも人気だからね、欲しいと思ったらすぐに買わないと」

「ありがとうございます。嬉しいです」

実際に購入してもらう場面にはなかなか遭遇しないから、こういうふうに言ってもらえると、足の裏がむずむずして、飛んでいるような心地になる。

もっと、こんな声が聞きたい。買ってくれた人の言葉を聞いて、選んでくれたわけを聞きたい。身に着けてくれた感想を知りたい。

でも。僕は、オーナーさんにもパートのおばさんにも、お客さんに僕が作家ってことを言わないでくださいとお願いしている。だから、買ってもらうところに出くわしても、お客さんとは話をしない。ただ見ているだけ。心の中で、手に取ってくれてありがとうって、何度も何度も言いながら。

「客層は女性が多いからね。駆くんは男前だから、こんなにかっこいい子が作ってるって知ったら、きっともっと売れちゃうと思うんだけど」

おばさんがにたりと笑った。

羽須美さんは上品にホットコーヒーを飲んでいる。

「そういうのは、恥ずかしいので」

「あらそう？　まあ、駆くんのやり方があるんだろうし、これは部外者が口を出すことじゃないわね。余計なこと言ってごめんね」

「いえ」

別のお客さんに呼ばれ、パートのおばさんは僕らのテーブルを離れた。

それからしばらく羽須美さんとお喋りをして、請求書と納品書を作り、オーナーさんに渡して店を出た。まだ日は沈み切っていないけれど、少しずつ空が夜の色に近づいていた。

「じゃあ羽須美さん、また来週」

「ええ、また来週」

羽須美さんに手を振って帰り道を行く。流星たちはまだ遊んでいるだろうか。みんなは、僕が五十八歳も年上の友達とハンドメイドの話で盛り上がっていたなんて思いもしていないだろう。学校の友達は、羽須美さんのことも、僕のこの趣味のことも、誰も知らないから。

販売を始め、自分の作ったものに自信を持てるようになってきた。僕は、僕の持っているこの趣味が好きだ。羽須美さんとハンドメイドのことをお喋りする時間も好きだった。

それなのに、自分の作品のことを、羽須美さん以外の友達には話せないでいる。ハンドメイドは僕にとってとても大切で、なくてはならないものなのに。その大事なことを誰かに話すことを、僕は今も躊躇(ためら)ってしまう。

◆

登校して教室に入ると、すぐに流星が駆け寄ってきた。

「駆！」

「おはよう。どうした？」

流星はにこにこ顔だ。こんな表情で来たからには、嬉しいことの報告か、僕に頼み事があるかのどちらかだろう。

僕は自分の席に行き、鞄を下ろして椅子に座った。流星も隣の席に腰掛ける。

「なあ駆、山岡に彼女いるの知ってるだろ。おまえも会ったことあったよな」

「ああ。どっかの女子高の子だっけ」

「昨日遊びに行ったときにたまたま会って、向こうも学校の友達何人かと一緒にいてさあ」

「うん」

「で、明日みんなで遊ぶ約束したんだけど」

前のめりになって流星は言う。なるほど女の子たちと遊べることを自慢しに来たんだな、と僕は思ったのだけれど。流星はそこからなぜか、両手をぴたりと顔の前で合わせた。

「駆、お願い。おまえも来て」

「は？」

　声が出る。流星は上目で僕を見ている。

「明日、駆も来てくれ。一生のお願い、頼む」

「なんで僕まで。それに悪いけど、明日は買い物に行くつもりだから無理」

「買い物は別の日に俺が付き合うから」

「付き合わなくていいって。てか人数合わせなら他の人を誘えよ」

「人数合わせじゃねえんだよ！」

「は？」ともう一度言った。流星がぐっと顔を近づけるから、僕は反射的に仰け反（のぞ）った。流星は構わずなおさら詰め寄ってくる。

「山岡の彼女が、駆のことかっこいいって言い出してさ。他の女の子たちが写真見たがったから見せてやったら、駆に会いたいってなって。駆くんが来るなら土曜日遊んであげるっつってさあ。何？　なんなの？　なんでそんなに上から目線なの？　それでも遊びたいから今おまえに声かけてんだけど！」

「はあ」

「てか俺だってさあ、おまえを連れていきたくねえよ。おまえに女の子取られるの嫌だもん。でも女の子たちがおまえを連れてこいって言ってんだからしょうがねえだろ！」

　僕の机に勝手に突っ伏して、流星は泣き真似を始める。僕は流星のつむじを見ながら大きなため息を吐いた。

　明日買い物に行こうとしていたのは本当だ。アクセサリーパーツのショップへ材料の買い出しに行くつもりだったのだ。ネットでも買えるけれど、実際にお店に行って買うほうがずっと楽しくて好きだ。

「わかった。昨日は誘い断っちゃったしね。いいよ」

　返事をすると、流星は勢いよく顔を上げた。

「ほんとか」

「うん。買い物はまた今度にする」

「そんときは俺も付いていくからな。ありがとう！」

「いいよ来なくて」

　ハンドメイドの素材を一緒に買いに行くなんてできるはずもない。そもそも、僕の買い物の目的を言えば、流星は付いてくると言わないと思う。

「じゃ、明日よろしくな。時間決まったら教えるから」

流星は自分の席へ戻っていく。僕はそれを見送って、鞄からスマートフォンを取り出した。ちょうどチャイムが鳴り、担任が教室へ入ってくる。

朝のホームルームの間に、隠れてスマートフォンを操作した。パーツ専門店のネットショップから、必要最低限のものだけを購入した。


次の日の土曜、待ち合わせ場所になっていた地元のショッピングモールへ行くと、すでに僕以外の七人が集まっていた。流星を含めたいつもの面子が三人と、女の子たちが四人。山岡の彼女以外の女の子とは初めましてだから、適当に名前だけ自己紹介しておいた。

モール内を回ってウインドウショッピングしたり、ゲームセンターで遊んだり、それっぽいことをして時間を過ごし、しばらくしてから「お腹が減った」という誰かの言葉でフードコートへ向かった。

食事時から外れた時間だったのもあってか、たまたま四人掛けの席がふたつ並びで空いていた。場所を確保してから、各々食べたいものを買いに行く。

ハンバーガーの気分だった僕がハンバーガーショップに向かうと、女の子がひとり同じ店に来た。一緒に買ってテーブルに戻る。自然と隣に座り、他愛ない話をしながら食事をする。

向かいに座っている流星は、横の女の子と流行(はや)りの漫画の話で盛り上がっていた。僕はそういうのに詳しくないし、流星みたいに喋るのもうまくないから、僕の隣の子はつまらなく思っているだろうなと、他人事(ひとごと)みたいに考えていた。

ちらりと横を見る。女の子は一本ずつポテトを食べている。

ふいにその子の髪に目が行った。髪というか、髪飾りに。その子の長いポニーテールを留めるシュシュが、おそらく既製品ではないものだったから。黒地の布と、同じく黒地のチュール生地を合わせ、リングを通してパールビーズとイニシャルチャームをぶら下げている。シンプルながらも個性があるデザインだ。ハンドメイドだろうか。

「何、駆くん」

女の子に声をかけられはっとした。じっと見すぎてしまったみたいだ。

「いや、ごめん。あの、そのシュシュが、可愛いなと思って」

「シュシュ？」

するとと流星が僕のポテトを勝手に掴み、僕の目の前に突き出した。

「馬鹿か駆！　馬鹿か！　そこはきみが可愛くてって言うところだろうが！」

「はあ、いや、うん」

「もうおまえ、そういうとこだぞ！」

ごめん、となぜか謝ってしまった。流星は怒りながらポテトを食べたが、女の子のほうは嫌な顔をせずむしろ笑ってくれていた。

「ありがとう、可愛いでしょ。これね、私のお姉ちゃんが作ってくれたんだ」

「手作り？」

「うん。うちのお姉ちゃんお裁縫が得意でね、よくいろんなもの作ってくれるから」

「へえ」

女の子がシュシュを外す。癖のない黒髪が流れて、シャンプーの匂いがほんのり香る。

僕だって健全な男子高校生だから、女の子の髪を払う仕草や、男とは違う甘い匂いにぐっとこないわけじゃない。かっこいいって言われるのだって、戸惑いはしても嬉しいし、学校の友達と遊ぶ時間も、こんなふうに普通の男子高校生っぽいことをしている時間も別に嫌だなんて思わない。

それでも、僕の一番の興味は違う場所にある。これって、やっぱりおかしいことなのだろうか。

「駆くん、こういうの興味あるの？」

借りたシュシュを観察していると、女の子が僕を覗き込んできた。

「お姉ちゃんの作ったもの、他にも見せてあげようか」

「え？」

「今持ってるのはそれだけだけど、写真ならあるよ」

花柄のカバーのスマートフォンを取り出し、女の子は中指で画面を操作した。僕はついつられて手元を見ようとする。けれど、

「女子ってアクセサリー作りみたいなの好きだよな」

と、隣のテーブルから聞こえて、前のめりになりかけた姿勢を戻した。指先の熱が、急にさあっと温度を失くしたように感じた。

「いやいいよ。ちょっと気になっただけだから。これ、ありがとう」

シュシュを返し、ドリンクを飲む。女の子は「そう？」とだけ言ってスマートフォンをしまった。

友達はみんな楽しそうに笑っている。僕も、ちゃんと笑えているると思う。でも、もう駄目だった。早く帰りたいと、そればっかりを考えていた。

山岡たちはこのあともどこかに行くと言っていたけれど、僕は用事があるからと断って夕方にはみんなと別れた。

家に帰り用意されていた夕飯を食べ、風呂に入ってから自分の部屋へ戻る。八畳間の隅に置いてあるローテーブルと古い座椅子が僕の定位置だ。スマートフォンで好きな音楽を流してから、パーツが入っているケースと工具を用意して、作業の準備を始める。

パーツは、小学生の頃からこつこつ集めてきたものだ。最初は安価なシードビーズとテグスしかなかったけれど、少しずつ素材とレシピを増やしていった。

今は店を開けそうなくらいのパーツが揃っている。増えていくケースを眺めるだけでわくわくするし、中に入っている宝石のようなビーズやパーツ類を見ればなおさら。

何を作ろうか。どんなふうに組み合わせようか。考える時間は何よりも楽しいし、販売を始めた今は、これをどんな人が使ってくれるだろうかと想像するのも幸せな時間になっている。

「よし」

パーツの入っているケースをひとつテーブルに置き、蓋を開ける。

今日は羽須美さんのアドバイスを参考に、この間作ったブレスレットとお揃いになるピアスを作るつもりだった。頭の中にあるふわっとしたアイディアを、実際にパーツを合わせながら固めていく。

ケースから、ブレスレットにも使ったべっ甲柄のリングパーツを取り出した。あとはどうしようか。他にもブラウン系でまとめてお揃い感を出そうと思っているが、どんな形にするかはまだ悩んでいるところだ。

とりあえず、ブレスレットに使用したのと同じカラーのビーズを一種類置いてみた。落ち着いたスモーキーカラーのブラウンで、サイズは六ミリにしてみる。それをべっ甲甲の上や真ん中、下に置いて、他のパーツも適当に組み合わせながらこれだというデザインを探していく。

しばらく考えて、ようやく決まった。工具箱から愛用のニッパーと平ヤットコ、丸ペンチを取り出す。まずチェーンを丁度いい長さにカットして、ビーズ類にTピンを刺し、ピンの先を丸ペンチで輪にしたら、チェーンの下部にぶら下げていく。

バランスを見て、ビーズはブラウンを一個、ゴールドを三個にした。合わせて四個のビーズがぶら下がるチェーンを、ピアス金具に取り付ける。

べっ甲パーツには大きめのデザイン丸カンを使った。丸カンをふたつ間に挟み、ピアス金具と繋げる。華やかなべっ甲と繊細なチェーンが重なって揺れる。

「うん、可愛い」

作りたてのピアスは想像どおりの出来栄えだった。品がありつつも遊び心がある。自分に似合えば絶対に着けたいと思えるアクセサリーだ。

同じものをもうひとつ作り、左右で一組のピアスを完成させた。他の色も作ろうとパーツを探し始めたところで、ふと、今日会った女の子が着けていたシュシュのことを思い出した。

「シュシュかあ」

僕が作るとしたら、どんなものになるだろうか。オーガンジーやスエードを組み合わせたモチーフを縫い付けて、パールやラウンドビーズを飾ったらどうだろう。

うん、可愛いな。作ってみたい。今まではビーズアクセサリーばかり作ってきたけれど、裁縫ができたら創作活動の幅も広がるかもしれない。新しいことを覚えれば、できることもずっと増える。きっと、もっと物作りが楽しくなる。

「駆」

トントン、とノックの音と一緒に、僕を呼ぶ声が聞こえた。振り向き、ドアに「何？」と声をかけると、開いた隙間から母さんが顔を覗かせた。

「羊羹あるけど食べる？　って、あんたまた」

テーブルの上を見て、母さんは大きなため息を吐いた。僕は唇をむっと尖らせて背を向ける。ケースからビーズを拾い上げた。マットの上でビーズがころんと一回転した。

「母さんも、女の子みたいなことしてるって僕を馬鹿にするの？」

「はあ？　何言ってんのあんた」

母さんが部屋に入ってきた。態度にそぐわず優しくテーブルに置かれたトレーには、切った羊羹とココアの入ったカップが載っていた。

「あのね、勉強する気がまったくなさそうだからため息吐いただけ。あんたの趣味は昔っからだから今さら何も言わないっての。それにお母さん、あんたが作ったもの、いつも可愛いって言ってるじゃない」

ちらりと見ると、母さんは鼻の付け根に皺を寄せた不細工な顔で僕を見ていた。似ている親子だとよく人に言われるけれど、僕はまったくそうは思わない。

「今日は何作ってるの？」

母さんがケースの中のビーズをじゃらりと掻き混ぜる。僕は、ちょっと躊躇ってから、作ったばかりのピアスを母さんの前に置いた。

「ピアス。こないだ納品したブレスレットとお揃いの」

「あらあ、可愛いじゃない。本当だ、前見たあれとお揃いね」

「羽須美さんのアドバイスで作ってみた」

「本当、いつもお世話になって。あんた迷惑かけてないでしょうね」

「かけてないよ」

母さんがピアスを自分の耳に当てて「どう？」と訊いてくる。僕はつい笑ってしまう。

「母さんには似合わないよ」

「なんだって？　何この子失礼ね。親の顔が見てみたいわ」

「鏡ならそこにあるよ」

母さんは素直に鏡を見て、映った自分ににこりと笑いかけていた。

「あのね、駆」

母さんがピアスを置く。やっぱり、母さんにこのピアスは似合わない。もっと華奢なデザインで、金具の色もシルバーがいい。

そういうものを、これまで何個もプレゼントしてきた。そのたび母さんは喜んでくれたし、その全部を今も使い続けてくれている。

「喫茶店での販売も、自分で材料費を賄えるくらいの売り上げ出てるんだし、高校生なのに立派なことやってるって思ってるよ。母さんはずっとあんたのやりたいこと応援してる」

「……」

「まあ、同じくらい勉強にも励んでくれたらもっと褒めてあげるんだけど」

母さんは「よいしょ」と声を上げて立ち上がり、僕の髪をぐしゃぐしゃと撫でた。

部屋を出ていこうとする母さんを振り返ることができず、僕はテーブルの上で自分の指の先を見ている。

「あんたのやってることを恥ずかしいだなんて思ってるのは、あんた自身だけよ」

部屋のドアが閉まった。スマートフォンから流れる流行りの音楽がうるさかった。

しばらくしてから、僕は羊羹のひと切れをひと口で食べた。

小学校に入ったばかりのときに、いとこのお姉ちゃんの付き合いでビーズアクセサリーを作ったのが、僕の趣味の始まりだった。アクセサリーと言ってもシードビーズをテグスに通し結ぶだけの簡単なもので、まだ手先が不器用だった僕でも、ブレスレットをあっという間に完成させることができた。

何に感動したわけでもない。物を作って褒められたのは初めてではなかったし、ビーズ遊びが僕にとって特別だったかと言えば、そこまで大層な話でもない。ただ、僕に合ってはいたのだと思う。

すぐに母さんにねだって僕もビーズを買ってもらった。貯めていたお年玉で自分でも買った。カラフルなビーズを色分けしたり、ただテグスに通すだけの作業が楽しくて、毎日あっという間に時間が過ぎた。少しずつ増えていくビーズと作品を見ると、まるで戦隊もののヒーローを見るときみたいな気持ちになれた。

あれは何年生のときだっただろうか。

手本になる本を参考に、ちょっと凝ったアクセサリーも作れるようになってきた頃だった。学校の友達が家に遊びに来たから、僕は完成させたばかりの指輪を友達に見せた。テグスを編み込んで作った、花が連なるように見える可愛い形の指輪で、自分なりに満足いく出来映えの作品だった。だから、なんでも話せる親友に見せたかった。できることなら「すごいね」と、褒めてくれたらと思っていた。

友達が発した言葉は、僕が想像していたものと全然違った。

——うわ、駆こんなことやってんのか。女子みたいだな。

なんでも話せる親友だと思っていたその子は、僕の作った指輪を触りもしなかった。どうしてか、すごく可笑(おか)しなことがあったみたいに笑っていた。

——変なの。おまえ、オカマじゃん。

意味がわからなかった。どうしてビーズアクセサリーを作っただけで女の子みたいと言われるんだろう。僕は男で、でもビーズが好きで作っている。できたアクセサリーは確かに女の子のほうが似合うかもしれないけれど、好きなものを作るのも、可愛いものを可愛いと思うのも、男だとか女だとか関係ないはずだ。変だなんて言われるようなこと、僕はしていない。

言いたいことがたくさん頭に浮かんだ。僕は、その中のひとつだって口にしなかった。指輪を手のひらに隠して何か適当なことを返したはずだ。覚えていない。心臓がぎゅうっと握り締められたみたいに苦しかったことだけは、はっきりと覚えているけれど。

次の日学校に行くと、昨日のことを言いふらされて、みんなにからかわれた。僕が笑って、いとこに作らされただけなんだと言うと、みんなも笑ってくれて、すぐに興味もなくなり、いつもどおりになった。

あれから何年も経って、僕は今もまだビーズアクセサリーを作り続けている。誰に何を言われたとしてもやめたりはしなかった。けれどあれ以来、この趣味のことを誰にも言わなくなった。中学や高校で新しくできた友達にも、尊敬する先輩にも、信用している先生にも――羽須美さん以外の、誰にも。

友達に言われた言葉が、胸の奥に火傷(やけど)の痕(あと)みたいに残ってしまっているのだ。人に言えば些細なことと思われるようなあの日のことを、僕は今も消せずにいる。

僕のやっていることはおかしいのだろうか。そんなことないってわかっていても頭の片隅に過(よ)ぎる。また馬鹿にされるのが怖い。僕のしていることを否定されるのが怖い。否定されたことを、胸を張って否定できないことが怖い。

だから僕は、誰にも言えない。

ずっと自分自身のことを隠し続けている。好きなことなんて何もないって顔で、今日も、友達の前に立っている。

◆

待ちに待った木曜日となり、学校が終わるとすぐに帰宅して、荷物を持って喫茶とまり木に向かった。いつものように、羽須美さんはすでにテーブルに座って待っていて、僕に気づくとにこりと笑った。

「すみません、ちょっと遅くなっちゃった。ホームルームのあと先生につかまって」

「ううん、大丈夫よ。でも駆くんを待っている間についついドリアを食べちゃったから、今日のお夕飯入らないかも」

冗談交じりに言う羽須美さんに、自然と頬が緩んだ。

席に着き、頼んだアイスカフェオレが来るのを待つ間、相談したかったことを早速話してみる。

「あの、僕に裁縫を教えてくれませんか?」

テーブルに両手を付き、前のめりになった。ちょっと仰々しくなってしまったかもしれない。羽須美さんはきょとんとした顔をした。

「お裁縫?」

「はい。あ、できれば、でいいんですけど。羽須美さんに時間があるときとか。無理なら無理って言ってくれて大丈夫だし」

「いいえ。もちろん喜んでお受けします。駆くんのしたいときにいつでも」

「本当ですか！」

思わず声を上げる。店内にいたパートのおばさんがびっくりして振り返ったから、慌てて「すみません」と頭を下げた。羽須美さんは、可笑しそうに口元に手を当てていた。

「でも、どうしてお裁縫を勉強したいと思ったの？」

「友達、っていうか、知り合った子が、手作りのシュシュを着けていたんです」

「シュシュ？　髪に着ける飾りかしら」

「そうです。その子のお姉ちゃんの手作りだって言ってて、すごく可愛かったんで

すよね。それで、僕だったらどんなふうに作るかなあとか考えてて」

「実際に、作ってみたいと思ったのね？」

はい、と頷いた。

「裁縫ができたら、今までやってきたビーズアクセサリー作りの幅が広がるんじゃ

ないかって」

シュシュだけではない。ポーチとか、コサージュとか、もしも裁縫が上手くでき

たらって考えたら、作ってみたいものがたくさん浮かんだ。それが商品になるには

時間がかかるかもしれないし、そもそも商品にできるほどの技術が僕には身に付か

ないかもしれない。ただ作りたいだけだからそれでもいい。自分にできることが増えたら、きっと、もっと。

「そうね。きっと、とても楽しいでしょうね」

心を覗いたみたいな羽須美さんの言葉に、僕は少しだけ耳が熱くなった。こくりと首を縦に振ると、羽須美さんは口をすぼめて笑った。


いつでもいいと言ってくれたから、約束は二日後の土曜日にした。とまり木からの帰り道、本屋さんに寄って、手芸の本を一冊買ってから家に帰った。

風呂に入ってからリビングのソファで買ったばかりの本を読んでいると、自分用のお菓子を持参した母さんがキッチンからやってきた。テーブルの前に座るなり、母さんは僕のほうを見てむっと下唇を突き出す。

「珍しく勉強でもしてるのかと思ったら」

僕はブックカバーの作り方のページから顔を上げ、母さんがしているのと同じ表情を浮かべた。

「これも勉強っちゃ勉強だよ」

「趣味のほうのね。あら、でもビーズの本じゃないのね。布小物？」

　母さんが本の表紙を覗き込む。

「うん。羽須美さんに裁縫を教えてもらうことになったから」

「やだあんた、迷惑はかけてないって言ってたくせに、そんなこと」

「ちゃんと無理ならいいのでって言って頼んだし、羽須美さんも全然嫌な感じじゃなく、すぐにいいよって言ってくれたよ」

「もう。菓子折り持たせなきゃいけないみたいね」

　母さんが煎餅(せんべい)の袋を開けた。母さんお気に入りの醬油(しょうゆ)煎餅は、齧(かじ)るといい音がした。

「これ見終わったらちゃんと宿題もするから」

　僕は本に視線を戻す。

「当たり前でしょ。学生の本分は勉強なんだからね。あんたが学生である以上、それをおろそかにするのは、他にどんなに頑張ってることがあったとしても、ただの自分勝手に過ぎない」

「わかってるって」

「だから、やるべきことをちゃんとやるなら、あとは自分の好きなことをなんでも好きなようにしたらいいよ」

りと舐めていた。

ちらりと上目で、少しだけ母さんを見た。母さんは上唇に付いた煎餅の粉をぺろりと舐めていた。

「うん」

「ただし悪いことをしようもんなら、お母さんは責任持ってあんたをグーで殴るからね」

「するわけないよ」

「お母さん、新しい化粧ポーチ欲しいんだよね」

「何それ。僕に作れって？」

　これから習うところなのに気が早すぎる。そう僕が言うと、母さんはにひっと変な笑い方をして、前払いのつもりなのか、煎餅を一枚僕の口に突っ込んだ。

◆

　羽須美さんとの約束の土曜日。待ち合わせの前に近所の手芸店に寄って布を買い、時間に合わせて喫茶とまり木へと向かった。

　余裕を持って家を出たから、珍しく羽須美さんよりも僕のほうが先に着いた。オーナーさんとお喋りしながらカウンターで待っていると、数分もしないうちに羽須美さんがやってきた。

「いらっしゃい羽須美さん。今日は駆くんのが先に来てるよ」

オーナーさんが言うと、羽須美さんは「あら」と声を上げる。

「負けちゃったのね。残念」

「羽須美さん、僕が遅くなるのは気にしないでって言うくせに、自分が遅いときは負けなんて言って」

「うふふ」

今日は予定があるからのんびりお喋りをするつもりはない。ただ、せっかく来たのだからと――オーナーさんは待ち合わせに使うだけでもいいと言ってくれたけれど――僕はいつものアイスカフェオレを、羽須美さんはブレンドコーヒーを一杯ずつ飲んでから店を出た。

羽須美さんの家は、とまり木の近くの停留所からバスで十分ほどのところにある。古いとだけ聞いていて、実際に訪ねるのは初めてだ。

「ここよ」と羽須美さんが入っていったのは、大きな日本家屋が建ち、石塀に囲まれた、庭のある立派なお屋敷だった。かなり緊張しながら玄関に入ると、羽須美さんの娘さん——娘と言っても僕の両親と同じくらいの年齢だ——が奥からやってきた。僕が来ることを知っていたようで快く出迎えてくれて、僕はなるべく丁寧に挨拶してから、母さんに持たされたお菓子を渡した。

「まあまあ、気にしなくていいのに。こちらこそいつも母と遊んでくれてありがとうね」

ちらりと羽須美さんを見ると、にこにこと目を細めて笑っていた。いつも付き合ってもらっているのはこっちだと思いながら、僕は娘さんにひょこりと頭を下げた。

羽須美さんの案内で家の奥に向かう。母屋の他に離れがあり、そこの一室を作業部屋にしているのだという。

「作業部屋なんて大層なもの、本当は必要ないんだけどね。うちは部屋だけは余っているから、もう贅沢に使っちゃおうと思って」

羽須美さんの家は確かに広い。母屋の一階だけでも部屋がたくさんあって、さらに二階、離れもあるのだから、そりゃ作業のための部屋だって作れてしまうだろう。

この広い家に、今は羽須美さんと娘さん夫婦だけで暮らしているそうだ。以前はお孫さんたちも一緒に住んでいたらしいけれど、みんな遠方の大学に入り、ひとり暮らしをしているという。平日は夜までこの家で羽須美さんひとり。黙々と、のんびりと、好きなハンドメイドをして過ごしている。

「ここが作業部屋よ。どうぞ」

通されたのは、あじさいの咲く庭に面した、縁側のある広い板張りの部屋だった。たぶん、もとは畳敷きだったのを張り替えたのだろう。

壁際にゆったり使える作業台が置かれていて、隣にはアンティークの足踏みミシンがあった。年季の入った和箪笥もあり、引き出しを開けて見せてもらうと、いろんな色味の糸や生地が整理されて入っていた。休憩用のソファの横には背の低い本棚が据えてあって、洋裁や和裁の本、デザインの本に、植物や動物の図鑑なんかも並んでいる。

「この部屋には趣味のものしか置いていないのよ」羽須美さんが言う。

「いいなあ。こんな部屋、僕も欲しい」

この場所が僕の家にもあったら、きっと一日中こもりっぱなしで、母さんに怒鳴られっぱなしになると思う。

「ふふ、いつでも遊びに来て使っていいからね」

「そんな本気にしたくなる冗談言わないでくださいよ」

「あら、私は本気なのに」

「もう」

針仕事の道具を見せてもらう。色とりどりの刺繍糸や、羽須美さんがよく使っているという生地を教わり、そして羽須美さんのミシンを触らせてもらった。

有名なシンガー社のもので、羽須美さんが何十年も愛用しているものらしい。つやりと光る黒色にゴールドの装飾がかっこいいお洒落なミシンだ。

「私と同じで年寄りだけど、とても腕がいいのよ」

相棒の肩でも抱くみたいに、羽須美さんは古いミシンに手を寄せる。

「アンティークは、扱いが難しくないんですか？」

「人によるでしょうね。私にとっては一番使い勝手がいいわ。もちろん、新しいミシンも便利で好きだけれど」

さて、と羽須美さんが言う。

「駆くんの家にはミシンがある？」

「あるけど、足踏みミシンじゃないです。母さんが買ってきた、そこらへんに売ってるやつだから」

「じゃあ練習もそっちでしたほうがいいかもね」

羽須美さんが押し入れを開けると、僕の家にあるのと似たようなミシンが入っていた。それを取り出し、作業台に置く。

「ミシンはどれくらい使ったことがある？」

「ほとんどないです。中学校の家庭科の授業で使ったのが最後くらいかな」

「じゃあまずはミシンの準備の仕方から覚えましょうか」

「はい」

ミシン糸の巻き方や掛け方を聞き、使える状態にセットしたところで、実際に布を縫う練習を始めることになった。僕ははっとして鞄を探り、待ち合わせ前に買ってきた生地を見せた。

「布には詳しくなくて。このコットンリネンを買ってみたんですけど、これで大丈夫ですか？」

「ええ、大丈夫よ」

「よかった。一メートル買ったので、結構使えると思います」

「そう。ならそれは、駆くんが自分で何かを作るときのために取っておきなさい」

「え？　でも、練習するために布が必要だし」

「心配しないで。うちには余っている端切れが山ほどあるの。使い道が思いつかないけど処分するのももったいなくて。だから駆くんが使ってくれるとありがたいわ」

羽須美さんは和箪笥の一番下の引き出しから、大きな箱を取り出した。中にはたくさんの端切れが入っていた。羽須美さんがいつも商品に使っている無地のリネンから、鮮やかな柄物まで。

「羽須美さんって柄物も使うんですね」

「お店に出すのは刺繍がメインになるから無地ばかりだけれど、家族のものをいろいろ作ったりするときに使うの。この生地は、横浜にお嫁にいった娘にねだられて、孫のワンピースを作ったときのもの。結構可愛くできたのよ」

「へえ、見たかったなあ。羽須美さん、いろんなもの作ってるんですね」

「ふふ。針仕事が好きなのよ」

羽須美さんが端切れを選び、二つ折りにして針の下に置いた。押さえ金を下ろし、僕は少し緊張しながらスタートボタンを押す。

「うわわわわっ」

慌ててミシンを止めた。糸が縫われていくスピードが思っていたよりもずっと速くてついていけなかったのだ。

ばっと羽須美さんを振り向くと、口元を押さえて笑っている。

「ごめんなさい。速度が一番速くなっていたのね。ここで調整できるから」

「は、はい」

縫うスピードを一番遅いモードにしてもう一度挑戦してみた。今度はゆっくりと針が上下し、布も少しずつ前に進んでいく。ひと針ひと針糸が刺されて綴られる。ある程度縫ったところで返し縫いをし、ミシンを止めた。糸を切って羽須美さんに見せると「うん、真っ直ぐ上手に縫えてる」と褒めてくれた。

「今は一番遅いので縫ったけど、実は少し速いくらいのほうが縫いやすいのよ」

「そうなんですね。一番速いのはかなり怖かったけど」

「ちょっとずつ速度を変えて、自分に合った縫い方を知っていけばいいわ」

縫う練習を繰り返し、ミシンに慣れてきたところで、羽須美さんの提案で簡単な作品をひとつ作ってみることになった。

自分で生地と糸を選び、裁断して、ミシンにかける。長方形の一枚の布を長細い筒状になるよう縫ってから、端と端も縫い合わせ輪っかを作る。中にゴムを入れて、入り口を縫って塞げば完成だ。初めて作った、瑠璃色のシュシュだった。

「……可愛い」

「上手にできましたね、駆くん」

「ありがとう、ございます。羽須美さんが丁寧に教えてくれたから」

「基礎のやり方さえ知っていれば、いくらでもアレンジができるからね。練習しながらいろいろ試してみるといいんじゃないかしら」

「はい。頭に浮かんでるデザインがあるので、形にできるよう頑張ってみます」

今日作ったシュシュは、一枚の生地を真っ直ぐに縫い合わせただけの簡単なものだ。個性はない。けれどアイディア次第でどんなものにでもなる。針の刺し方ひとつで刺繍がどんな絵柄も描けるみたいに、僕の作りたいものを自由に作ることができるはずだ。

「駆くんはやっぱり上達が早いわね」

ミシンにかかった糸を外しながら羽須美さんが言う。

「嬉しいですけど、まだ、ミシンの基礎の基礎を覚えたばっかりですよ」

「基礎が大事なの。それに、綺麗に真っ直ぐ縫うだけでも意外と難しいのよ。駆くんはすぐに上手にできるようになったから驚いちゃった」

「そうなんですか？」

羽須美さんは頷いた。

「元々器用なのももちろんあるだろうけれど、それ以上に、集中してやれるからだと思う。駆くん、練習のときからものすごく真剣に縫ってたでしょう」

「そのせいで、たくさん端切れを使っちゃったけど」

作業台には無造作に縫われた端切れが散らばっていた。全部僕の練習の産物だ。ひたすら真っ直ぐに縫ったあとは、縫い目の長さを変えてみたり、カーブや直角にも挑戦してみた。羽須美さんが止めようとしなかったから、それに甘え、時間も忘れて好きなようにやってしまった。

「いいのよ。使ってほしいって言ったでしょ。それに私も駆くんに教えるの楽しいから」

「羽須美さんがいいなら、いいんですけど」

「ふふ。駆くんは、何かを作るのが本当に好きなのね」

羽須美さんに微笑まれ、僕は胸の奥がむず痒くなり、目を伏せた。手元には、世界にただひとつの手作りのシュシュがあった。

羽須美さんの言うとおりだ。僕は、他の何にも代えられないくらいハンドメイドが好きだ。自分で作ることが好きだし、今では誰かに使ってもらうことを考えるのも楽しみになっている。

迷いなく、そう思える、はずなのに。

――あんたのやってることを恥ずかしいだなんて思ってるのは、あんた自身だけよ。

母さんの言っていたことは当たっている。昔は他人に馬鹿にされたけれど、今僕の好きなことを誰より否定しているのは僕自身だ。

それでも、羽須美さんにだけは好きなことを素直に話せた。

アクセサリー作りをしていることを羽須美さんに知ってほしいと思った。その理由は自覚していた。初めて会った日に聞いた羽須美さんの言葉が、僕にとってあまりに衝撃的だったから。

――それ、私が作ったのよ。

作品を見ていた僕に羽須美さんが言ったことだ。羽須美さん自身は覚えてすらいないだろうほど、何気なく、当たり前の言葉で、そしてそれは僕がずっと、誰かに言いたい言葉だった。

この趣味を人に話してまた笑われるのが怖い。自分も同じように笑ってしまうことが怖い。でも本当は、ずっと言いたい。誰が作ろうが、僕が何を好きだろうが関係ない。僕は僕の好きなものを作っている。それは、自信を持って誰かに自慢できるほどのものだ。

それを作ったのは僕なのだと、僕はずっと、言いたいのだ。

「今度は手縫いをやってみましょうか」

玄関で靴を履いていると、先にサンダルを履いていた羽須美さんがからりと戸を開けながらそう言った。

「また来てもいいんですか？」と僕はつい訊いてしまう。

「もちろん。まさか駆くん、一度しかやらないつもりだったの？」

「そういうわけじゃないんですけど」

「たったの一度で裁縫が学べると思わないでね」

視線を鋭くする羽須美さんに、僕は苦笑いを浮かべ、これからも裁縫教室をする約束をした。

遠慮したのに、羽須美さんは門まで僕を見送ってくれる。

門扉を開けて「じゃあまたとまり木で」と言ったところで、軽いブレーキ音と僕を呼ぶ声が聞こえ振り返った。

「あれ、駆？」

自転車を止めた流星がいた。きょとんとした顔で僕を見ている。

「流星」

　そういえば、と思い出す。流星の家はこの地区だったはずだ。

「何してんだよ、駆んちってここら辺じゃなかったよな、って、ああなんだ、おばあちゃんちだったのか」

　羽須美さんに目を遣り、流星は「こんにちはっ」と笑顔で挨拶した。僕はどきりとして横目で羽須美さんを見る。羽須美さんはにこりと笑って「こんにちは」と返している。

「駆くんのお友達？」

「はい。いつも駆にはお世話になってます」

　錆だらけの自転車に跨ったまま、流星が僕の肩を摑んだ。

「おまえ、俺んちがこの辺りなの知ってたはずだろ。おばあちゃんち近いなら言えよ」

「あ、うん」

　うん、じゃない。羽須美さんは僕のおばあちゃんではないのだから、違うと言わなければいけない。

　でもそう言ってしまえば、ならどんな関係なんだと訊かれる。そうしたら僕らが共通の趣味を持って仲良くなったことを流星に話すことになる。もしかすると、趣味の中身までも。僕が秘密にしてきたことを、知られてしまう。

「って、悪い」

流星はポケットからスマートフォンを取り出し時間を見た。

「俺今からバイトなんだ。もう行くわ」

「あ、うん。バイト頑張れよ」

「はいよ。じゃあまたな」

ペダルを踏み込む流星の背中に手を振った。角を曲がって見えなくなったところでだらんと腕を下ろし、羽須美さんに頭を下げた。

「すみません。僕のおばあちゃんだって思われちゃって」

流星は悪くない。本当のことを言えなかった僕が悪い。本来なら隠す必要のないことを、友達にすら言えない僕が悪いのだ。

「そんなこと気にしなくていいの」

羽須美さんが僕の頭をぽんと撫でた。

「むしろそう思ってくれたら嬉しいくらい。ああでも、やっぱり駆くんは孫じゃなくて、お友達のほうが楽しくていいかしら」

のそりと顔を上げると、羽須美さんはにこりと笑んで、流星が向かっていったほうへ目を遣った。

「駆くんのお友達、とてもいい子そうね」

「うるさいですけど。気のいいやつで」

「ええ。なんだかそんな感じ」

　羽須美さんの視線が僕に戻る。

　僕は羽須美さんを友達だと思っているし、その関係には尊敬はあっても上も下もない。ただそれは、あくまでハンドメイド仲間としての話だ。やっぱり人としては羽須美さんのほうがずっと大人で、考えが深いし見透かされるし、僕なんかはもう、全然敵（かな）わない。

「きっと駆くんの好きなこと、あの子は笑わないと思う」

　僕が心の中で考えていたことを全部わかっているみたいに、羽須美さんはそう言った。僕はどうしてかちょっとだけ、泣きそうになった。

◆

「駆、おばあちゃんちによく遊びに行くの？」

　週が明けて学校に行くと、やはりというか、土曜のことについて流星に訊かれた。机の上に一限の教科書を出しながら、僕は曖昧に頷く。

「いや、たまに」

「今度来たとき俺にも声かけろよ。近所にうまいラーメン屋あるから一緒に行こうぜ。なんなら駆のおばあちゃんも一緒にさ」

「ああ、うん。言っとく」

「つか駆のおばあちゃんちでけえよなあ。あの辺って昔っからの家が多くてどこもでけえんだよな。俺んちは可愛いサイズだけど」

　流星は羽須美さんが僕のおばあちゃんだってことを疑っていないみたいだ。まあ、そりゃそうだろう。僕と羽須美さんが友達だって言うほうが信じられない話だ。

「流星、なんかいいことあった？」

　前の席に勝手に座っている流星は、何やら機嫌がよさそうだ。土曜のバイトで可愛い女の子にでも会ったのだろうか。

　話を逸らすつもりで訊ねたら、流星は少し驚いた顔をしてから、照れた様子で頭を掻いた。

「いや、駆のこと知れてなんか嬉しいなって思っただけ」

「え？」

「だってさ」と、思ってても見なかった返答に首を傾げる僕に、流星は続ける。

「駆って自分のことあんまり喋んねえじゃん。俺、一年のときからおまえと友達だけど、おまえのおばあちゃんちがうちの近くだなんて初めて知ったし。おまえの好きなこととかだって、なんも知らねえし」

咄嗟（とっさ）に言葉を返せなかった。そのとおりだったから。

自覚している。僕は、僕のことをわざと何も話さなかった。僕の話にならないようにしていた。いつもそばにいてくれる友達にさえ……僕のことを知りたいと思っても、それを無理強いしてこない優しい友達にさえ、何も教えなかったのだ。

――きっと駆くんの好きなこと、あの子は笑わないと思う。

僕も、そう思う。流星はきっと笑わない。

あの漫画が好き、あの音楽が好きってみんなが話すみたいに、僕も自分の好きなものを語ればいいのだ。ただそれだけのことで、何も特別なことなんてないのに、ひとりで勝手に怖がってしまっていた。

なんてことはない。本当は誰に理解されようが否定されようが、どうでもいいのだ。僕が僕の好きなことを、好きだって胸を張っていられれば、それだけでいい。すぐそばにいる人が、それを含めて僕のことを知ってくれたら、ほんの少し嬉しいっていうだけで。

「流星、あのさ」

「駆。流星」

揃って振り向いた。山岡が廊下の窓から呼んでいた。

流星が「なんだよ」と返事をして立ち上がる。僕も席を立った。浮き立っていた心はたったひと呼吸の間に沈んでいた。

「あ、駆、なんだった？」

流星が振り返る。

「なんか言おうとしてただろ。何？」

「いや、その。ラーメン屋、今度連れてってくれって、言おうとしただけ」

「ああ、行こうな。豚骨がまじで超うまいんだよ」

うん、と言って僕は笑った。流星も笑っていたから、たぶんちゃんといつもどおりに笑えていたと思う。

木曜日の放課後、急いで喫茶とまり木に向かう。

トートバッグの中にはとまり木に納品する商品の他に、シュシュがひとつ入っていた。二種類の生地を使ってリバーシブル仕様にしてみたものだ。出来としてはまだ拙く、大したアレンジもない。本当なら人に見せるほどではないけれど、初めてひとりで作ったものだから、どうしても羽須美さんに見てもらいたかった。

「いらっしゃい」

とまり木のドアを開くと、いつもどおりオーナーさんがカウンターにいて、パートのおばさんが空いたテーブルを拭いていた。僕はふたりに挨拶をして店内を見回す。羽須美さんの姿はない。

「羽須美さん、今日はまだ来てないよ。駆くんの勝ちだね」

オーナーさんが言う。

「そうなんですね。急ぎすぎちゃったかな」

「何？　羽須美さんに見せたいものでもあったの？」

「すごい。よくわかりましたね」

オーナーさんがふふっと笑う。僕はアイスカフェオレを注文して、レジの近くのテーブルに座った。この席はハンドメイドの商品棚がよく見える。僕のスペースにはいくらか空きがあるようだった。先週にはまだ売れていなかったブレスレットもひとつなくなっていた。よし、と心の中で呟く。

「はい駆くん。アイスカフェオレでございます」

羽須美さんを待っている間に、パートのおばさんが飲み物を運んできた。お礼を言ってから、スマートフォンを確認する。羽須美さんからのメールは届いていない。羽須美さんは、来られない日には必ず連絡をくれるから、それがないということはそのうち来るのだろう。他に用事もないし気長に待とう。

カフェオレにシロップを入れて混ぜていると、奥の席にいた女の人が会計をしにレジに来た。パートのおばさんは料理を運んでいるところだったからオーナーさんが対応した。

二十代くらいだろうか、その女の人は、財布からお金を出しながら、ふとレジ横の棚に目を向けた。ちょっと待ってもらえますか、とオーナーさんに言い、棚の前に立って商品を見始める。

僕は、なるべく気にしていないふうを装いながら、横目で女の人を見ていた。内心気が気じゃなかった。女の人の視線が、僕のスペースに向いていたから。

「そのピアス、ブレスレットとお揃いなんですよ」

女の人がべっ甲のピアスを手に取ったところで、オーナーさんがそう声をかけた。女の人は、少し考える素振りを見せてから、べっ甲のピアスとブレスレットをレジに持っていった。

会計を終えたその人が出ていき、店のドアが閉まったところで、僕は大きく息を吐いた。ずっとストローに口を付けていたけれど、コップの中のカフェオレは少しも減っていなかった。

「心臓が止まるかと思った」

呟く声を聞き取ったオーナーさんが笑う。

「買っていってくれる人を見るのは初めてじゃなかったでしょう」

「だから、毎回心臓が止まりかけてるんですよ」

「あ、ブレスレット全部売れちゃったから、今度追加してほしいな」

「はい。そうします」

緊張したせいか喉(のど)が渇いてしまい、カフェオレを一気に飲み干した。

テーブルの片づけをしていたパートのおばさんがカウンターへ戻ってくる。

「それにしても、今日は羽須美さん遅いねえ」

おばさんが店の外を見た。僕もつられて道路に目を遣る。さっきバスが通り過ぎていったけれど、羽須美さんの姿はまだない。

「そうですね。こんなに遅くなったこと、今までなかった気がするけど」

オーナーさんが店の時計を確認した。時間は夕方の五時を過ぎようとしているところだった。羽須美さんがこの時間になっても来ていないことなんて、確かにない。

「駆くん、連絡来てない？」

「来てない、です」

「用事があるのに連絡を忘れてるのかな。それとも」

「あの、僕、電話してみますね」

電話帳から羽須美さんの名前を探して電話をかけた。呼び出し音が鳴る。一回、二回……十回を超えたところで、留守電に切り替わった。家のほうの電話にもかける。こっちも呼び出し音が鳴るだけだ。

「……出ません」

電話を切る。オーナーさんは、いつもの柔らかい表情を少しだけ硬くした。パートのおばさんは困った顔で、僕とオーナーさんとを順に見た。

「今の時間、ご家族の方はまだ仕事から帰ってないわよね」

「うん。娘さんは六時頃に帰るって話を聞いたことがあるけど」

「僕、羽須美さんの家に行ってみます」

財布から小銭を引っ摑んでトレーに置く。トートバッグの紐を肩に掛け、僕はドアノブに手を置いた。

「待って駆くん。今の時間、ちょうどいいバスないんだ」

オーナーさんが呼び止める。

「なら走っていきます」

「走っていくのは大変だよ。ちょっと待ってて」

オーナーさんはバックヤードに行き、少しもしない間に戻ってきた。何かを投げて寄越すから咄嗟に摑む。インコのキーホルダーの付いた自転車の鍵だった。

「僕の自転車、裏にあるから使って。返すのは今日じゃなくていいから」

「あ、ありがとうございます」

「もし何かあったら連絡して。僕もすぐに行く。気を付けて行っておいで」

「はい」

店を出て、オーナーさんのママチャリに跨りペダルを踏んだ。途中で道を間違えながらも、できるだけ早くと、羽須美さんの家まで自転車を走らせる。

息が切れてきた頃、見覚えのあるバス停を通り過ぎた。前に羽須美さんの家に行ったときにバスを降りたところだ。もう少し。羽須美さんはいるだろうか。それとも出かけているだろうか。何も、ないといいけれど。

目の前の信号が赤になり、急ブレーキをかけた。羽須美さんの家までの最後の交差点だ。落ち着かない気持ちのまま、一生懸命に息を整えながら信号が青になるのを待つ。

ハンドルをきつく握る指先が冷えていた。なのに手のひらには気持ち悪いほど汗を掻いている。

もしも。もしも羽須美さんに何かがあったらどうしよう。いや、大丈夫だ。何かなんてあるわけない。きっと急な用事ができたとか、うっかり昼寝をしすぎてしまったとか、そんなところだろう。大丈夫。僕はただ念のための確認をしに行くだけ。慌てることはない。大丈夫。そう言い聞かせなければ、今すぐにでも泣いてしまいそうになる。

「あれ、駆じゃん」

きいっとブレーキ音が鳴り、隣に自転車が並んだ。

「あ……流星」

「よっ、もしかして今からおばあちゃんち行くの？」

学校から寄り道をし終わって帰るところだろうか。「あとでこの前言ったラーメン屋行かね？」と誘ってくる流星に、今それどころじゃないと思いつつ、見知った顔に会えたことにどこかほっとしてもいた。

「って、何、なんかあった？」

「うん、羽須美さんが」

「はすみさん？」

と言ったところで信号が変わり、地面を蹴ってペダルを踏む。

「あ、おい駆！」

後ろから流星が追いかけてくる。僕は構わず走り続け、ようやく辿(たど)り着いた目的地に自転車を横付けした。

「ちょ、なんなんだよそんなに急いで。危ねえぞ。安全第一だっての」

少し遅れてやってきた流星も自転車を降りる。

僕は肩で息をしながらインターフォンを押した。誰も出ない。もう一度押しても誰も出ないし、家から物音もしない。

「何？　おまえ鍵持ってねえの？　てか誰も出ねえじゃん。出かけてんのか？」

「かも、しれないけど」

胸騒ぎが収まらず、悪いと思いながらも門扉を開け、敷地に入った。流星も「お邪魔しまぁす」と付いてくる。

真っ直ぐ玄関には行かず、母屋から庭のほうへと回った。こっちへ行けば、離れに面した裏庭……羽須美さんの作業部屋へと続いているはずだ。するとやはり、部屋から見えたあじさいが咲いているのを見つけた。駆け足になり、あじさいの正面の縁側を覗く。

「羽須美さん？」

作業部屋の縁側は、雨戸も窓も開け放たれたままだった。そして、作業部屋の真ん中に、羽須美さんが背筋を伸ばして静かに正座していた。

声をかけた僕に、羽須美さんはゆっくりと顔だけ動かして振り返る。

「あら、駆くん」

声色も表情もいつもと変わりなかった。僕はあっけにとられながら「あの、大丈夫、ですか？」と縁側からそっと問いかける。

「ええ、大丈夫よ」

「なら、よかった、です。あの、すみません僕、勝手に入ってきちゃって」

「いいえ、構わないわ。心配して来てくれたんでしょう、ありがとうね」

そう言って微笑む羽須美さんは、とくに何かを我慢しているふうでもなく、本当にいつもどおりだった。立ち上がるどころか、首から上以外を動かそうともしないことを除いては。

「羽須美さん、もしかして動けないんじゃ。怪我でもしたんですか」

靴を脱ぎ縁側に上がった僕を、羽須美さんは「ちょっと待って」と声だけで止めた。

僕がぴたりと立ち止まるのを見てから、恐る恐るといった様子で、ゆっくりと息を吸い、吐き出す。

「ごめんなさいね。本当にごめんなさい。あのね、とても恥ずかしいんだけれど……ぎっくり腰、やっちゃったの」

羽須美さんは口ごもりがちに言った。僕は、三回瞬きをした。

「ぎっくり腰、ですか」

うちの父さんも去年もやって、しばらく病院に通っていた。父さんはそれ以来腰をかばって、時々変な動きをするようになった。ぎっくり腰とはそれほど恐ろしいものらしい。

「そう。もう、少しでも動いたら大変なことになるから、怖くてこの状態から動けなくって。駆くんが心配するだろうから行けないって連絡したかったんだけど、携帯電話、居間に置きっぱなしにしちゃったのよ。最近腰やってなかったから油断しちゃった。ほんと、恥ずかしいったらないわ」

「あの、どうしたらいいですか？　救急車とか呼びます？」

「いえいえ、そんな大層なことじゃないの。だいぶ痛みは治まってるし、もうちょっとしたら娘が帰ってくるから、馴染みの整骨院にでも連れていってもらうわ。心配かけて本当にごめんなさいね。家に電話かけてくれたの、駆くんでしょう」

「すみません。羽須美さんに何かあったのかと思って。倒れてるんじゃないかとか。いや、何かはあったみたいですけど」

「ふふふ、ちょっと笑わせないで」

　羽須美さんは必死に体が動かないようにしている。

「えっと、どうしよう。羽須美さんまだ動けなさそうだし、やっぱり心配だから、家族の人が帰ってくるまでここにいてもいいですか？」

「そうねえ、本当に大丈夫だから、気を遣う必要はないけれど、せっかく来てくれたんだから、お菓子でも食べていってもらおうかしら」

「いえそんな。僕が勝手に来たんだから」

「私を心配してわざわざ来てくださった人を、何もせず帰すことなんてできないでしょう。さあ、お友達もどうぞ上がってもらって。ああ、でも、まだちょっと動くのが怖いから、悪いけれどお茶とお菓子、持ってきてもらえる？　この間台所の前通ったけど、場所は覚えているかしら」

クッキーの缶と冷えた麦茶があるからと言われ、僕は母屋の台所へ向かった。食器棚から適当にコップを出してお盆に載せ、離れの作業部屋に帰ると、羽須美さんと流星が、まるで昔からの知り合いみたいに和気藹々（わきあいあい）とお喋りしていた。

さっきまでの緊張とはまるで違う光景に、なんだか気が抜けてしまった。部屋の入り口でお盆を持ったまま突っ立っていると、気づいた流星が「おい駆」と声を上げた。

「おまえのおばあちゃんすげえ器用だな。見てみろよこれ、全部おばあちゃんがやったんだって。信じらんねえ」

流星は羽須美さんの刺繍作品を僕に見せる。僕すらまだ見たことのなかった、新作のあじさい柄のブックカバーだった。

僕はわざと大きなため息を吐いて、ふたりのそばに腰を下ろす。

「流星、羽須美さんは僕のおばあちゃんじゃない」

「え、そうなの？」

「羽須美さんは、僕のハンドメイド友達」

みっつのコップに麦茶を注ぐ。流星は「ハンドメイド？」とどこかカタコトに繰り返す。

「うん。僕んちの近所の喫茶店で、羽須美さんが商品を販売してるんだ。で、僕も同じところで手作りのものを売ってる」

「売ってるって？　え？　駆もこういうの作ってんの？」

「いや、僕がやってるのはビーズアクセサリー。たとえば、こういうの」

とまり木に納品しようと思って持ってきていた品を見せた。流星は「え」と、同じリアクションばかり繰り返している。

「ジャンルは違うけど、ハンドメイドっていう同じ趣味があるから、よく作品を見せ合ってるんだ。最近は羽須美さんに裁縫も習ってる」

「何、待って。え？　超可愛いんだけど。これ、普通に店で売ってるようなやつじゃん。え、これをおまえが作ってんの？　どうやって作るの？」

「どうやってって、ビーズに金具を通して、ペンチで金具を整えたり、いろいろ」

「何それ、自分でできるの？」

「うん。あ、そうだ羽須美さん。これ、家で作ってみたんですけど」

流星に構わず、持ってきたシュシュを取り出した。もうなかばやけくそだった。

羽須美さんはシュシュを受け取り、形や縫い目などをじっくり見てから「うん」とゆっくり頷く。

「いい出来よ。駆くん、おうちでもちゃんと練習したのね。偉い」

「あ、ありがとうございます」

「いや待って。え、それもおまえが作ったやつ？」

「そうだけど、これは誰にでも作れるやつだよ。商品にもならない」

「いやいや、俺は作れねえよ」

まだいまいち理解しきれていないのか、流星は変な顔をしながら僕と羽須美さんを交互に見ている。羽須美さんは、目を細くして微笑んでいる。

「てか何、こんなことしてるって、おまえまったく言わなかったじゃねえか。俺ら以外にも友達いるとか、自分で作ったもん売ってるとか、そんなの」

「ごめん。男の僕が女性用のアクセサリー作ってるなんて、女々しいって馬鹿にされそうで言えなかったんだ」

女みたいと言われ、それを否定できなかった日から、誰にも言えなかった。気を許しているはずの友達にさえ、自分の一部を隠してきた。

けれどいざ言ってしまえばあっけない。あまりにも簡単なことだった。誰になんと思われようが僕は僕で、僕は、僕の好きなことが好きだ。それでいい。

それに、理解して背中を押してくれる人だって、必ずそばにいる。

「馬鹿にされるって、馬鹿かよ。んなことするわけねえじゃん。むしろすげえって思うよ。こんな可愛いもん作れて、販売までしてるんだろ。びっくりするわ。おまえ、自分で思ってる以上に立派なことしてるからな」

俺だったら絶対みんなに自慢してる。と流星が真顔で言うから、僕はふっと息を吐いて、少しだけ目を伏せた。

可笑しいのに、泣きたくなった。もちろんさすがに恥ずかしいから、こんなとこじゃ泣かないけれど。

「てか俺も作ってみたい。楽しそう。駆、今度教えてよ」

「まじかよ。いいけど」

「ふふ。じゃあ今度うちで駆くんのアクセサリー教室を開きましょう。私も教えてほしいわ」

いいっすね、となぜか流星が一番乗り気になっていた。僕は困ったふりをしながらも、声を漏らして笑ってしまった。

何も変わっていないのに、何かが変わったみたいに思う。明日が雨でも、晴れでも、これからの日々は今までよりも、もうちょっとだけ、楽しくなりそうな気がしている。

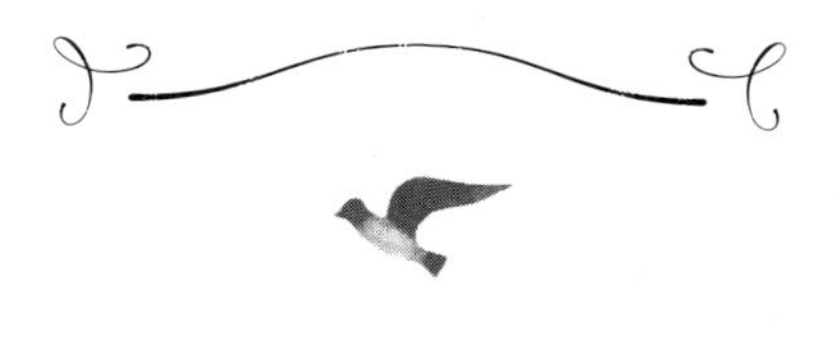

3話　蜃気楼の彼女

夏帆からメッセージが届いた。

最後にやりとりをしたのは確か成人式の日だったから、もう五年以上も前になる。会ったのはもっと前だ。高校の卒業式のあと、お互い手を振って別れてから、夏帆には一度も会っていない。

『ちょっと前に地元に戻ってきたんだ。朱音、会おうよ』

私はメッセージアプリを開いたまま、しばらくの間考えた。

既読してから随分経って、

『いいよ』

と返事をした。


「朱音、バスの時間もうすぐだよ」

廊下の向こうからお母さんの声がする。私は洗面台と向き合い、撥ねた前髪を一生懸命直しながら「わかってる」と叫んだ。

「間に合わなくても今日は送っていかないからね」

「わかってるって。もう行く」

前髪は納得いく形にならなかったけれど、もういいやと諦めて、洗面所を出た。

玄関の前でお母さんが鞄を持って待っている。

「あんたね、いつももうちょっと余裕持って準備しろって言ってるでしょ」

「今日は寝癖がやばすぎただけ。いつも余裕じゃん」

「昨日遅刻してお母さんが送っていったばっかりでしょうが」

「今日も遅刻するといけないからもう行くね」

履き古したパンプスの爪先を蹴って玄関のドアを開けた。左腕に着けた時計を見れば、バスが来るまでもう三分もなかった。蝉が鳴きわめく歩道を全力疾走する。おかげでどうにかバスには間に合ったけれど、制服はすっかり汗が染みてしまっていた。会社に着く前から、もう帰りたくなっていた。

職場は家からバスで二十分ほどの場所にある。不動産会社賃貸部署の支店で、私は短大を卒業後、そこで一般事務員として働いている。

会社自体は全国に展開している大手だが、栄えてもいない地方の小さな支店となれば地元の中小企業と変わりない。少人数で回しているため人手は常にかつかつであり、ひとりひとりが担う仕事量も必然的に多くなる。私自身も抱えるにはきつい量の業務を押し付けられたり、一般事務なのに営業の仕事を手伝わされたりすることだってあった。大変であり、正直言って少しも楽しくない。やりがいもほとんど感じていない。でも、仕事なんてだいたいそんなものだろうと思っているから、今日も、嫌だなあと考えながら給料のためだけに会社に向かっている。

「おはようございます」

事務所に入ると、営業担当の後輩とパートの事務員さんが先に出勤していた。だいたいいつものメンバーだ。ロッカールームに鞄を置き、汗で崩れた化粧を適当に直してから事務所に戻る。

まだ始業の時間には早いが、接客スペースの掃除を始めた。どうせ他にやることはないし、早め早めに進めなければ、昼休みが潰れる可能性もある。店内と外の掃除をさっと終わらせ、店頭チラシの入れ替えをしてから自分の席に着いた。パソコンを起動したところで支店長が出勤してくる。

「おはようございます」

禿（は）げ散らかした頭のおじさんは挨拶には答えない。

「朱音ちゃん、コーヒーお願い」

とだけ言って私の横を通り過ぎる。毎日のことだからわざわざ何か思うこともなく、私は返事をして給湯室へ向かう。

冷蔵庫から、支店長のためだけに常備してあるボトルコーヒーを出しコップに注いだ。それからやはり支店長専用の牛乳を入れ、ストローを挿す。

コーヒーをいれろ、と最初に言われたのは、入社二日目のときだった。お客様へのお茶出しならば業務の一環だが、社員へ飲み物を用意することなど事務員の仕事に入っていない。コーヒーくらい自分でいれろ。そう思ったが、入社二日目であり、且つはっきり物を言う性格ではない私がそんな心の声を発せられるはずもなく、納得いかないまま、先輩事務員の付き添いのもと支店長のコーヒーを用意した。

今はもういない先輩は『これは代々新人の仕事だから。若い女の子が用意してあげると支店長喜ぶからさ』と言った。なるほど代々の若い女性新人が誰も文句を言わずに、尚且つ他の社員たちも誰も諫めずにいたからこそ、今私がこんな雑用をしなければいけないのか。支店長もクソだし今まであいつを甘やかしてきた奴らもクソだな。

もちろん心の声はひと言も実際の声にはならない。勤めて数年、一度だって他の社員に私の本音が聞かれたことはない。新人の頃は、言う勇気がなかったから。慣れてきてからは、言わないほうが楽だと思ったから。いちいち文句を言って事を荒立てるほうが面倒臭いし体力を使う。なら適当に言うことを聞いていたほうがいくらかましだ。だから結局、私も同じようにクソの仲間入りをして、毎日他人のコーヒーを準備している。

「はい、どうぞ」

デスクに置きっぱなしにしているコースターの上にグラスを載せた。支店長はお礼なんて当然言わず、私の上半身に視線を向ける。

「朱音ちゃん、最近ちょっと痩(や)せたんじゃないの？　ダイエットしてる？　あ、もしかして彼氏でもできた？」

このハゲ今すぐ死なないかな。そう思いながら、にたりと笑う支店長に、私もにたりと笑い返す。

「できるように自分磨きしてるところなんですよ」

「でも女の子はちょっとぽっちゃりしてるほうがいいよぉ」

「そうですか。参考にします」

笑顔を貼り付けたまま自分の席に戻った。パソコンに向かい、メールを確認する。

一件ずつ開いていくと、お客様からの問い合わせで、営業に確認が必要な内容があった。この件の担当は誰だっただろうか、と見回し、斜向(はすむ)かいの席にいた同期の営業担当に声をかけた。

「ねえ、確認してほしい内容があるんだけど」

同期はパソコンの画面と手元の書類に視線を行ったり来たりさせ、私のほうを見ようともしない。

「今立て込んでるんだよ。あとにして」

「あとってどのくらい？」

「はあ？　知らないよ。見てわからない？　忙しいんだって」

忙しいのはこっちも同じだ。私だってまだ山ほどの業務を抱えている。そもそもおまえの忙しさはおまえが昨日怠けていたせいだろうが。

「なるべく早く見てほしいんだよね」

「ならそっちでやっといて。事務員だって、確認くらいできるでしょ」

吐きかけたため息を飲み込んだ。本当に、このボンクラな営業ではなく私ひとりで確認と判断ができればどれほど楽になることだろう。私だって、手っ取り早く自分でやってしまいたい。でもできない。仕事にはそれぞれに役割と責任があるのだ。だから訊いているというのに。

「メール、そっちに送っておくから、午前中に絶対見ておいて」

そう伝えると、大きな舌打ちが返ってきた。私は無視して別件のメールを返した。

来客や電話の対応をしつつ、書類作成、物件のチェック、サイトの更新などなど。いつもどおりの業務をこなし、定時をいくらか過ぎたところで仕事を終えた。まだ残っていた社員に挨拶をし職場を出る。いつものバスのいつもの席に座り、眠ってしまわないよう注意しながらぼうっと車窓を眺める。

帰宅すると、お母さんが夕飯を温めてくれていた。私は制服のままで食卓につき、そろそろ替え時の箸(はし)を手に取った。

ひとり暮らしへの憧れはある。だが仕事から帰ってきたらごはんが用意されているこの環境が捨てがたく、いまだに実家を離れられないでいる。すでに家を出ている同級生が多い中、まあもう少しだけ、と思いながら、私は変わらない暮らしを続けている。

「ねえ朱音。西田(にしだ)さんちの娘さん、覚えてる?」

ひとり夕食をとっている私の向かいにお母さんが座った。

「西田さん? って、私の二個くらい上の」

「そうそう、その子」

名前はなんだったか。同じ町内会の子で、小中と一緒だった。歳(とし)が違うし、たいして仲良くもなかったから、向こうが中学を卒業してからはほとんど接点がなかった。確か、大学進学を機に地元を離れたという話をお母さんから聞いた気がする。

「西田さんちの娘さんね、来月結婚するんだって」

私たち以外に誰もいないのに、お母さんはなぜか内緒話でもするみたいに声を潜める。

「へえ、そうなんだ」

「今神戸で仕事してて、そっちで知り合った人らしいよ」

「ふうん」

肉じゃがのじゃがを頬張った。味が染みていて美味しい。

「天野さんちのやっちゃんは赤ちゃん生まれたばっかりだし。ああもう、みんなほんと羨ましいわねえ」

お母さんが頬杖を突いた。私は白米を頬張る。香り立っていて美味しい。

「ねえ、朱音はいい人いないの？　お母さん、あんたが結婚できないんじゃないかって心配なんだけど」

美味しいごはんが一気にまずくなる話題だった。こうなるだろうな、とはじゃがを頬張っていた時点で気づいてはいたけれど。

「私まだ二十六だよ。心配するの早いよ」

「もう二十六でしょうが。あんたね、ここからはあっという間に歳取るんだよ。近所の子たちみんな結婚して、あんただけ行き遅れたらどうすんの」

「大丈夫だって」

味噌汁(みそしる)を熱いまま掻き込んでお茶を飲み干した。茶碗(ちゃわん)を重ね、ごちそうさまと手を合わせる。

茶碗をシンクに置いてさっさとリビングを出た。お母さんのため息は聞こえなかった振りをして、着替えを持ってお風呂場に向かった。

三十分ほど湯船に浸かっていたら、仕事から帰ってきていたらしいお父さんに早く交代しろと言われ、渋々お風呂から上がった。冷蔵庫の缶チューハイとみりん揚げを持って、クーラーで冷えた部屋に行き、お気に入りの座椅子に全体重を預けた。

体がどろんとヘドロになって溶けていくみたいだ。このまま十年くらい時間が止まってくれないだろうか。それかいつの間にか時間が進んでいて、気づいたらもう結婚して子どももできて、仕事も辞めて、なんか幸せな家庭を築けていたりしないだろうか。

ああ、面倒臭い。

何もかもつまらない。毎日同じ場所に出勤して、私の仕事の価値を理解せず雑用係だと思っている人間と働いて、実際に雑用を押し付けられて、セクハラ発言かまされて。家に帰れば結婚だなんだ、家庭を持ち子どもを産むことが人としての正解であり幸せで、できなければ負け組だという時代遅れもいいとこの古い価値観で塗り固められる。

全部嫌だ。けれど、そう思いながらも結局何も捨てられないし、常識から外れられないのが私という人間だ。他にやりたいこともやれそうなこともないし、今の安定した仕事を辞めるつもりもない。誰かの結婚の話を聞けば意味もなく焦って、自分も早く結婚したいなんてことを考える。私の価値観だって結局、俗にいう当たり前の形に常に固定されたままだ。斜に構えて馬鹿にした振りをしながら、人と違う道を進む勇気もない。世間の普通の型にはまった、ただ呼吸をして心臓を動かしているだけの毎日。

私の人生が平凡で退屈なのは、私自身が平凡で、退屈な人間だからだ。

ぷしり、と音を立てて缶チューハイのプルタブを起こした。風呂上がりの火照（ほて）った体に軽いアルコールが染みる。みりん揚げの袋を開け、二枚重ねて噛（か）み砕きながら、私は左手でスマートフォンを操作した。

メッセージアプリを開き、昨日夏帆から届いたメッセージを読み返す。

夏帆が地元に帰ってきていたと知って驚いた。聞けば一時的な帰省ではなく、仕事を辞め、向こうの家を引き払って戻ってきたというからなおさら。

夏帆は、高校の同級生だった。同じクラスになったことはないけれど、些細なきっかけから、どうしてかよく話すようになった。高校を卒業すると同時に夏帆が東京に行き、以来一度も会っていない。連絡はたまに来ていて、ただそれも、私が義務のように参加した成人式の日、送った写真に対し『着物いいじゃん。朱音に似合ってる』との返事が来たのが最後になっていた。

連絡を寄越さないことを、寂しいとも薄情とも思わなかった。ただ、夏帆らしいなと思っていた。夏帆は、そういう子だったから。

「そういえば、あの辺に」

独り言を口にしながら、みりん揚げのカスの付いた手を拭き、棚に置いてあるお菓子の四角い缶を取り出した。中には整頓に困る細々したものが適当に詰め込まれていて、それらの下に、シンプルな山吹色の封筒がひとつ入っていた。

封筒の中身は、夏帆の撮った写真だ。

高校時代、夏帆はいつもデジタルカメラを持っていた。写真なんてスマートフォンでも簡単に撮れるのに、夏帆はわざわざカメラを持ち歩いて写真を撮っていた。

封筒に入っている写真は二十枚ほど。すべて卒業式の日に夏帆がまとめてくれたものだ。教室とか、花壇とか、近所の道とか公園とか、そのままポストカードにできそうなセンスのいい写真ばかりの中、一枚だけ私と夏帆とで自撮りした、センスの欠片もない写真が混ざっていた。

一枚一枚写真を捲っていた私は、ふたりの自撮り写真に手を止め、目を留めた。

セーラー服を着た私と夏帆。私は肩までの黒髪を後ろで結んでいて、化粧のひとつも覚えてなくて、今より頬がふっくらしている、典型的な冴えない田舎の女子高生だった。対して夏帆は、輪郭に沿って切り揃えたショートカットが可愛く、猫のような大きな目が印象的で、今見ても垢抜けていると思える。魅力的で、華のある子だ。

私は、夏帆と知り合う前から、夏帆のことを知っていた。奇抜な派手さはないのに目立っていて、孤立はしていないのに群れなくて、つい目で追ってしまうのに近寄り難くもある、みんなとはどこか違った子だったから。

そう、夏帆はその他大勢とは違った。そして私はその他大勢だった。夏帆は、今と変わらず平凡の擬人化のような私とは、まるで正反対の子だった。みんなとは違うことを、ほんの少しも恐れない子だった。

「私たち、なんで仲良くなれたんだろう」

写真の中の自分に問いかける。仮に答えが返ってきたとして「私が知るわけないでしょ」と昔の私は言うだろう。

長方形の写真には画面いっぱいに私と夏帆の顔がある。私も夏帆も、夏の暑さに頬を火照(ほて)らせながら、ぐしゃぐしゃな顔で笑っている。

卒業後の夏帆は、東京で夢を叶(かな)え、楽しく頑張っていると言っていた。常に自分の色を持っていて、周囲が形作る普通の型には決してはまらない彼女なら、きっと私には想像もつかないほど華やかな世界で生きていたはずだ。

そんな夏帆が、地元へ戻ってきた。どんな理由でかはわからない。けれど、夏帆なりの考えがあってのことだと思っている。

「全然違うのは、昔から同じだな」

写真を封筒へ戻し、棚にしまい直した。今日は早く寝ようと思い、残っていた缶チューハイを一気に飲み干した。

スマートフォンが短く鳴る。見ると、修(おさむ)くんからのメッセージが届いていた。内容は、今仕事が終わった、疲れた、なんていう中身のあってないようなものだ。私は『残業お疲れ様』と文字を打ち、ついでにスタンプも添えておいた。すぐに既読になり返事が来る。私もすぐに返して、何度かやりとりしてから、眠くなってきたので『おやすみ』と打ってアプリを閉じた。

チューハイの缶をキッチンで洗ってから、洗面所に行き歯を磨く。お父さんがまだリビングにいたから、おやすみと声をかけ、部屋に戻った。電気を消しベッドに入り、目を瞑（つぶ）る前にもう一度スマートフォンを開く。修くんから『おやすみ』とメッセージが届いていた。私はスマートフォンを枕元に置き、寝返りを打って目を閉じた。

修くんとは、短大時代の友達を通じて先月知り合った。私の一歳上で、大手自動車メーカーのディーラーで働いている。私と同じく平日休みで、休日が重なった日に二回会ったことがある。連絡はほぼ毎日していた。まだ付き合っていないけれど、たぶん向こうはその気があるんじゃないかと思っている。

私も、結構その気になりつつあった。修くんは背が高くて見た目も悪くないし、安定した仕事をしていて、且つ上から目線で話をしてこない。性格はまだしっかり摑めていないけれど、今のところとくに嫌だなと思う面は見ていない。

もうちょっとしたら、もしかしたら、付き合うかもしれない。お互いの年齢を考えると、そのまま結婚なんて流れになるかもしれない。うん、未来をはっきりと描ける。優しい夫と暮らし、三十くらいで子どもを産む人生。いいんじゃないか、悪くはない。とても幸せで、平凡な未来だ。

◆

夏帆のほうはいつでも予定を空けられると言っていたから、私の休みに合わせて会うことにした。場所は、私が時々行っている近所の喫茶店に決めた。

約束の日、予定の十三時より十分早く、待ち合わせ場所の『喫茶とまり木』に着いた。カウベルを鳴らして店に入ると店員さんが出迎えてくれる。「待ち合わせなんですけど」と言ったところで、奥の席から声がかかった。

「朱音」

見ると、夏帆が手を振っていた。私は店員さんに軽く頭を下げ夏帆のいるテーブルに向かった。

「夏帆、もう来てたんだ」

「さっき来たとこ。久しぶり」

「だね。何年振りになるんだろ」

正面に座り鞄を置いた。夏帆の雰囲気はあの頃のままで、でも高校生のときよりもさらに大人っぽく洗練された、綺麗な都会の人になっていた。

　鮮やかな赤い唇と、黒いワンレンのショートヘアがよく似合っている。服装はTシャツにジーンズという私とまったく同じスタイルだったが、芋臭い私と違い、夏帆はそれだけで十分様になっていた。お洒落をしたうえで格差があったらさすがに悲しかったから、下手に小洒落た格好をしてこなくてよかったとこっそり思った。

「もう注文した？」

　メニュー表を開く。私はここに来たらだいたいいつもカプチーノを頼む。今日は暑いからアイスのほうにしようか。

「まだ。朱音が来てからにしようと思って。もうメニューは決めてあるけど」

「あ、そうなんだ。じゃあ私、アイスカプチーノ」

「飲み物だけでいいの？　あたしは甘いもの食べるよ」

「まじ？　夏帆が食べてたら私も食べたくなるじゃん」

「食べればいいじゃん」

「そうしよ」

　私はアイスカプチーノとプレーンワッフルを、夏帆はアイスコーヒーとスフレチーズケーキを注文した。

　メニュー表を戻した私に、夏帆がにいっと笑う。孤高のオーラに似合わないその人懐こい笑い方は、高校生の頃とまるで同じだ。

　随分長く会っていなかったのに、変わらない夏帆の姿を見て、空いていた期間がきゅうっと縮まっていくように感じた。あの頃の続きをしているようだ。なんの違和感もなく話すことができる。私も夏帆も、変わっていない。

「ねえ、いい店だよね。なんかよくも悪くも今時っぽくなくて。こんなとこあったの知らなかった」

　夏帆の視線につられ、私もぐるりと店内を見回した。他にもいくつか席は埋まっていて、おばさんと男の人――この男性、バイトだと思っていたらオーナーさんだったって最近知った――がカウンター内で作業をしている。空(す)いているときも混んでいるときものんびりした空気が漂っている、居心地のいい店だ。

「夏帆がまだこっちにいたときはなかったんじゃないかな。確かできたの、私が就職してすぐくらいだった気がする」

「朱音はよく来るの？」

「時々ね。ひとりで。休みの日とか暇だし」

「ああ。朱音って全然趣味とかなかったもんね。今もなんだ」

「つまらん人間で悪かったな」

「誰も言ってないってそんなこと」

　悪ガキみたいな顔で笑い合う。似たようなやりとりを、昔もよくしていたなと思い出す。

「ところでさ、それ可愛いね。ぱっと目に付いた」

　夏帆が私の右耳の辺りを指さした。私はべっ甲模様のパーツのぶら下がるピアスに手を添えた。

「ああ、ありがと。可愛いでしょ」

「もしかして、今着けてるブレスとお揃い？　あんま見ないデザインでお洒落」

「この店で買ったんだよね」

「そうなの？　そんなの売ってんだ」

「うん、レジの横の棚で。お気に入りだけど仕事には着けていけないから、休みの日に使ってる」

　夏帆は「へえ」と相槌を打ち、テーブルに肘を突いて首を傾げた。

「そういえば、朱音ってなんの仕事してるんだっけ」

「言ってなかった？　不動産会社の事務だよ。短大卒業してからずっと。全然楽しくないけどね」

「それでも続けてるんでしょ、偉いよ。ちゃんとした仕事だし」

「他にしたいことがないだけだって。仕事はお金を稼ぐためって割り切ってるからなんとかやっていけてるってところかな」

「あはは。なんか、朱音って感じ」

どこか馬鹿にされているようなその言い方も、夏帆に言われると腹が立たないから不思議だ。もしもハゲ上司が同じことを言おうものなら頭の中で数回抹殺している。

　夏帆は不思議だ。昔も今も。

　摑みどころがなくて、たくさん話をしても、夏帆のことを理解できない。でも、彼女が私にないものばかり持っていることだけはわかっている。私にできない生き方をする夏帆が羨ましかった。そしてとても、好きだったのだ。

「夏帆、こっちに戻ってきて他にも誰かに会った？」

「いや。そういえば帰ってきたこと伝えてすらいないかも」

「そうなんだ」

「まあ、今は実家離れる気ないし、そのうちどっかで偶然誰かに会うことはあるかもしれないけど」

「私、夏帆が戻ってくるとは思わなかった」

二人分の飲み物が届いた。アイスカプチーノの泡をゆるりと掻き混ぜる。夏帆が、うん、と呟いた。

「向こうでの仕事は充実してたよ。自分の技術に自信持ってたし、指名もたくさん貰っててね、楽しかった。都会での暮らしも、あたしには合ってたと思う」

「うん」

「でも、いろいろあってね」

「いろいろ」

「そう」

私は、夏帆が戻ってきたのは、夏帆の行く道に新しい目的ができたからなのだろうと思っていた。それを叶えるために、そう、彼女がこの町から東京へ向かったときのように、笑って手を振って、新しい場所へ向かうことにしたのだろうと。

けれど違った。夏帆は、決して前向きな理由で帰ってきたわけではなかった。

「もう、あそこにはいられなかったんだ」

高校三年生の夏、夏帆は、フォトグラファーになりたいのだと私に言った。風景写真家をしている叔父さんの影響で写真を撮ることが好きになり、いつからかそれを仕事にすることを目標とし始めたという。そして夏帆は、夢を叶えた。高校卒業後、東京にある写真スタジオで見習いとして働き始め、一年も経つ頃には一人前となり、自分でお客さんの写真を撮るようになった。

『今日ウエディングフォトを撮った。お客さん、すごく喜んでくれた』

いつか、そう夏帆からの連絡が来たのを覚えている。自分からこんなことを言うのは珍しいから、夏帆自身もよほど嬉しかったのだろう。私も素直に『よかったね』と返した。

夏帆は、やりたいことも行動力もあって、好きなことを仕事にして、誰にも左右されることなく、自由に楽しく生きている。やりたいことなどなく、周囲に流され、安定だけを求め、とくに語ることもない人生しか歩んでいない私とは違う。私はずっと、そう思っていた。

「大人になるのは嫌だね。どうしたって学生のときみたいに好き勝手できないんだから。自由な分、誰も守ってくれない。自分でうまい妥協点見つけて、折り合いをつけてやってかなきゃいけないんだ」

夏帆はミルクもシロップも入れずにアイスコーヒーを飲んだ。私もアイスカプチーノを飲む。いつもよりも少し味が薄いように思う。たぶん、中身はいつもと同じだけれど。

「あたし、こっち戻ってきてからはなんもしてないんだよね。何かしなきゃいけないんだろうけど、何もする気がなくてさ」

「こっちでスタジオ探したら？」

「うぅん、どうかなあ。カメラの仕事からは、少し離れるかも」

夏帆はなんでもないふうに言い、両手を持ち上げて伸びをした。真っ赤なルージュを塗った口が、品のない大きなあくびをする。

「求人漁(あさ)って適当な就職先探して、あとは、どうしようか、婚活でもしてみようかな」

アイスコーヒーの氷がかしんと鳴った。

私は目を見開いて、夏帆の長い睫毛(まつげ)を見ていた。夏帆の視線が私に戻り「何？」と訊ねられる。

「あ、ううん、別に」

「あたしもいい歳だし、結婚考えるのもありかなって。知り合いが、子どもがいるのっていいよって言ってたし。あ、朱音は結婚してるの？」

「いや、まだ」

「じゃあ一緒に婚活パーティーとか行っちゃう？」

夏帆が笑った。私は笑えなかったけれど、ちょうど頼んだスイーツが届いたから、笑えなかったことは夏帆にはばれなかったと思う。

焼きたてのワッフルを食べながら、夏帆と何気ない会話を交わした。私の近況とか、学生時代の話とか、夏帆の言うところの〝いろいろ〟に含まれないフォトグラファーとしての仕事の話とか。

訊かれればなんでも話したし、私の愚痴(ぐち)も聞いてもらった。思い出話は盛り上がって、夏帆の東京での面白エピソードには普通に笑った。

友達とお喋りする楽しい時間だった。けれど心は急速に冷めていた。

これはただの友達との会話だ。夏帆と過ごす時間ではない。私の目には、夏帆が全然違う人のように見えていた。もう、私の目に映っていた眩しい夏帆は、ここにはいない。

「朱音は本当、変わってないね」

笑う夏帆に、私はどんなふうに笑い返しているだろうか。

私にとっての夏帆は、周囲の視線も他者の意見も関係なく、自分の信じるものだけを信じて貫き通す子だった。どんな目で見られても構わない、自分が自分を好きならそれでいいと、迷うことなく言う子だった。

夏帆に会わなかった八年の間に何があったのかは知らない。夏帆が言わない限り、訊く気もない。

でも、夏帆が変わったのだと気づいてしまった。だって、挫折して地元に帰ってくるなんて。ましてや、いい歳だからなんて理由で婚活をしようだなんて、そこら辺の人たちと同じことを言うなんて。私の知る夏帆には、絶対にありえないことだから。

失望にも近い感情を抱いてしまっていた。もちろん私に失望する権利なんてない。私が勝手に夏帆に対して幻想を抱いていただけだ。そのエゴイスティックな幻想と違う面を見て、裏切られたなんて思うのは、なんとも間抜けな思い違いだ。

夏帆も夏帆なりに知らない土地で頑張って、苦労して、泣いて、悔しい思いをして、帰ってきたのだろうから。それを受け入れて肩を組んであげるのが、友達ってものなのに。そんなことすらできない私が失望もクソもない。むしろ夏帆が私を見限っていいくらいだ。

それでも私は、夢を、見ていたかった。

周囲に流され、普通の型にはめられるばかりの私には生きられない生き方を、夏帆にはしてほしかった。自分にないものを夏帆に見ていたかった。

そんなこと、夏帆には関係ないことだって、やっぱりわかっているのだけれど。

夏の日差しの中、怖いものなんてこの世にひとつもないような顔で笑う彼女のままで、あってほしかったのだ。

◆

「大変申し訳ございません」

受話器を耳に当て、無機質な電話に向かって頭を下げる。耳に当てたスピーカーからはなおも相手の捲(まく)し立てる声が聞こえている。

先日うちを利用した人からのクレームだが、話を聞くに、向こうが癇癪(かんしゃく)を起しているだけの、こちら側にはとくに非のない内容だった。それでも「何言ってんだおっさんあほか」と素直な心の内を言えるはずもなく、私は頭を空っぽにして顔も知らない相手に謝罪の言葉を吐いていた。

絶対にお客様と喧嘩をするな、と上からは言われている。意味不明な因縁を付けてくる相手を客と呼べるのかどうかはさておき、こちらが感情をコントロールできない状態になってはいけない。冷静に、どんなときでも真摯に対応するようにと。

だから私も、内心では相手よりもひどい暴言を吐き散らしながら、向こうのふざけた言い分を聞き、不快にさせてしまったことについて丁寧に謝り、解決策についていくつか提案までしたのだが。おそらく中年男性と思われる電話口の相手は、一向に納得しようとしなかった。そもそも、つらつらと自分の意見を話すだけで、こっちの話をまともに聞こうとすらしちゃいない。

大きな声で威嚇してくる人間も面倒臭いが、私としてはこういう「自分は冷静に正しいことを喋っている」と思い込んでいる奴が一番厄介だと思っている。自分がまともだと思っているから、他者の――とくに自分より立場が下だと思っている人間の話を、一切耳に入れない。

『あんたに話したって意味がない。上の人間を出してくれないか』

殺すぞ、と言いそうになった。意味がないと思っているならこの十五分はなんだったんだ。こっちのほうが遥かに無意味な時間を過ごしているわ。

「かしこまりました。少々お待ちくださいませ」

声はしおらしく、表情は真顔でそう告げ、電話機の保留ボタンを押す。私はハゲの支店長を見た。支店長はクレームの電話を受けていることに気づいているから、絶対に私と目を合わせようとしなかった。おまえも死ね、とつい小声で口にして、ちょうど事務所に入ってきた男性社員に声をかける。

「廣瀬さん、この間財布落としたときに貸した一万円、まだ返してもらっていません」

え、と廣瀬さんは言った。私は無言で受話器を差し出す。それだけで察したらしい廣瀬さんは、悟った顔で私の席にやってきた。

「これで一万チャラ？」

「九千五百円くらいにはまけてあげます」

廣瀬さんは隣の席の椅子に座り、保留を解除した。私は受話器から漏れ出る声にそっと耳を澄ませる。

「お電話代わりました」

廣瀬さんが役職と合わせて名乗ると、電話口の相手は私に話したのと同じようなことをまた話し始めた。気のせいかもしれないけれど、私のときよりもいくらか勢いが弱まっているように感じた。

「あ、そうでしたかぁ。それはそれは、誠に申し訳ございませんでした」

廣瀬さんはデスクに片肘を突きながら、間の抜けた顔で受け答えしていた。私と同じことどころか、大したことひとつ言っていない。それなのに相手のクレーマーは「わかってもらえればいいんです」となぜかあっけなく引き下がり、通話は三分ほどで終了した。

椅子の背もたれに体を預ける。なるほど、私が通話した十五分は本当に無意味だったわけだ。相手は最初から、若い平社員の女の話などまともに聞く気はなかったのだ。

最悪だ、とは思う。でもいつものことでもあった。自分より年下の女であるというだけで見下して軽んじる人間を、私は社会に出てから山ほど見ている。だから今さら傷つきなどしない。

ただ、どれだけ経験しても、腹は立つし、虚しくなる。自分の能力など無関係に、年齢や性別なんてもので勝手に型にはめられ、価値を測られてしまう世の中なのだ。しかも、相手が男性になっただけで強い言葉のひとつ言えなくなるような意思の弱い人間に。

「今度からボイスチェンジャー使って男の声出そうかな」

わりと本気で考えていると、廣瀬さんは「それいいね」と本気か冗談か肯定した。

ちらと目を遣れば、電話をしながらメモ用紙に描いていた猫の絵に、仕上げの髭を付けていた。

「ただまあ、あんまり気にしないほうがいいって。こんなのいちいち気にするほうが損だから」

「わかってますけど、ダメージは食らわなくても殺意は湧くんですよ」

「多いからねえ、こういう人。俺もようやく若造だって舐められなくなってきたところだし。俺はそんなおっさんにならないようにしねえとな」

廣瀬さんがデスクに置いてあった誰かの缶コーヒーを勝手に開ける。

「それかあのおっさん、朱音ちゃんが腹ん中で悪態ついてること見透かしてたんじゃないの？　だから俺には優しかったんだよ」

「私、心の声を漏らさないことは得意なんですよ。ばれてない自信があります」

「悪態ついてたことは認めるんだ」

「じゃあ廣瀬さんは心から謝罪して対応してたんですか？」

「昼飯に持ってきたハムカツサンドのこと考えてた」

「相手のおっさんのこと考えてるだけ私のがましじゃないですか」

「でも弟の手作りなんだぜ？　羨ましいだろ？　うちの弟喫茶店やってんだよ」

「そうですか」

パソコンに向き直り、新規の入居者の書類作成を始める。廣瀬さんはしばらく隣の席でさぼっていて、缶コーヒーを飲み終わったところで支店長にばれ、渋々仕事を再開していた。

昼休みになり、私は買ってきたコンビニ弁当を食べながら、スマートフォンをいじっていた。適当にネットを漁っていると、もうすぐ公開される映画の情報に辿り着く。複数の家族を描いたヒューマンドラマで、今人気の若手女優が主演を務めているようだ。芸能人にはあまり興味ないが、この女優は演技が上手く、歳が近いのもあって、最近ちょっと応援するようになっていた。

映画が公開されたら観に行こうかな。そう思い、もう少し情報を集めようとしたところで、つとスマートフォンの画面上部に通知が届いた。修くんを紹介してくれた友達からの連絡だった。修くんとどんな感じか、という探りを入れるメッセージだ。

舐り箸をしながら、左手でぽつぽつと文字を入力する。

『ほぼ毎日連絡取ってるよ』

送信すると、すぐに既読が付き返信が来た。

『修さあ、朱音のこと気に入ってるっぽいんだけど、朱音はどう？』

直球で訊いてくるなと思いつつ、白身魚のフライを頬張る。

『私もいいなと思ってる』

『本当に？　やった！　ふたり絶対合ってると思う！』

『まあ予定が合わなくて、まだ実際に会ったの二回だけだけど』

『修にどんどん誘うよう言っとくね！』

よろしく、というスタンプを押して、向こうからもスタンプが返ってきたところでアプリを閉じた。ごま塩のかかったごはんを食べようとしたらすっかり冷めていたから、電子レンジで温め直し、ふたたび映画の情報を見始めた。


その日の仕事を終え、いつものバスに乗り、いつものバス停で降りる。自宅までの五分ほどの距離、子どもの頃からずっと見ている街並みは、今日も何も変わりなく平凡で平和だった。

ふと、いつも止めない場所で足を止める。小さなフラワーショップの前だった。閉店間近なのだろう、店員さんは片付けの準備を始めていた。

店先に置かれたブリキの花桶に、ひまわりが二本入っている。売れ残りだろうか、それでも花は綺麗に咲いている。

　なんの気なしに二本を購入した。家に帰りお母さんに預けると、いつの間にか花瓶に活けられ、私の部屋に飾られていた。

「あんた急に花なんて買ってきてどうしたの」

　お風呂上がりの髪を掻きながらひまわりを見ていると、お母さんが廊下から顔を覗かせた。何も言ってこないなと思っていたが、やはり気になってはいたらしい。

「や、別に意味ないけど、なんか目に付いただけ」

「しかも二本って。どうせなら花束でも作ってもらえばよかったのに」

「だってもうほとんど商品残ってなかったんだもん」

「まあ、どうでもいいんだけど」

　なら最初から何も言うな、という私の抗議を無視して、お母さんは部屋を出ていこうとする。

「あんたの部屋に花を飾るのなんて、いつ以来だっけね」

　ぱたりとドアが閉まった。私は棚の上に置かれたひまわりに視線を戻した。唇をむすりと歪ませる。ふやけてしわしわになった指先で、黄色い花びらをつんとつつく。

「高校二年生のときだよ」

このひまわりを見たとき、懐かしいと思った。夏帆と知り合った日のことを思い出したのだ。だから買ってしまった。

十七歳の夏休み。花壇にはひまわりが咲いていた。体の内側から溶けるような暑さの日だった。夏帆は小さなデジタルカメラを持って、私の前に現れた。

高校二年生のとき、クラス内での委員会決めでじゃんけんに負けた結果、私は入りたくもなかった緑化委員会に所属していた。

なんだかんだとサボることのできない性格だ、嫌々とはいえ委員会の仕事には毎回真面目(まじめ)に参加した。そのおかげで顧問の先生に気に入られ、花壇の花を譲ってもらうこともたびたびあったほどだ。

緑化委員会の仕事は楽しくなかった。けれど義務と割り切れば作業をこなすことくらいはできた。それでも、どうしてもやりたくない仕事もやはり存在する。夏休みの花壇の水やり当番である。

水やり当番は、一クラス二名の緑化委員をひと組とし、各組一週間ずつ交代で回す。自分の担当期間となる七日の間、毎日学校に来て中庭の広い花壇に水をあげなければいけない、ひどく過酷な仕事である。

ただし救いもあった。夏休みは約五週間。つまりこの仕事を押し付けられるのはたったの五組だけなのだ。うちの学校は各学年八クラス、全部で二十四クラスあり、当番になるより逃れられる確率のほうがずっと高かった。

当番を行うクラスは、恨みっこなしのくじ引きで決めることになった。担当順の番号の書かれたくじを引いたクラスが水やりの責務を負うのだ。

うちのクラスの分は私が引いた。そして見事に③と書かれたくじを当てた。いらない引きだけは強いのだ。かくして私は夏休みのど真ん中に、学校へ花壇の水やりをしに行くことになったのだった。

当番初日、一緒に作業をするはずのもうひとりの緑化委員は来なかった。こいつは結局一日も参加することなく、初日こそ殴ってやろうと考えていたけれど、きっと他人がいたら私と夏帆はここまで仲良くならなかっただろうから、結果としてひとりでよかったな、とはあとから思ったことだ。

日差しは朝から容赦なく、相方は現れず、私は心を無にして、中庭に植えられたひまわりにホースで水をやっていた。先生が丁寧に世話しているだけあってひまわりは美しく咲いている。ここまで手塩にかけて育てているなら水やりも先生がやればいいのに、先生は「植物を育てる楽しさを生徒たちにも知ってもらいたい」と思っている人で、夏休みの水やり当番も、子どもたちにとってとても有意義なことだと思い込んでいる人だった。

なんの感動も成長もなくひとりで水をやり、中庭の端から端まで続く花壇の約半分まで辿り着いたとき。汗にまみれたおでこを首に掛けたタオルで拭っていると、

――写真撮ってもいい？

と声をかけられ振り向いた。デジタルカメラを持った夏帆が、それ、と花壇の花を指さしていた。

化粧などしていないのに目は大きく、少しだけ日に焼けた肌は吹き出物どころか毛穴ひとつ見当たらない。この人こんなに近くで見るの初めてだ、と思いながらハイドウゾと答えると、夏帆は花の写真を撮り始めた。

夏帆のことは知っていた。美人で、少し変わっていて、目立つ子だ。私は夏帆のことが気になったが、だからと言って話しかけるつもりもなく、黙々と自らの仕事をこなしていた。

ねえ、と呼ばれたのは水やりが残り四分の一となったところでだ。

——その水、ここのひまわりの上で、この角度からこう出してくれない？

なんでだよ、忙しいんだよこっちは。咄嗟にそう思ったが、心の声を口に出せない性分なのは昔からで、且つとっくに水やりに飽きていたのもあり、私は夏帆の言うとおりにホースを傾け、芸術的な水のアーチを作り出した。

夏帆は水を被るひまわりを何枚も写す。そして嬉しそうな顔をしながら、撮れた画像を私に見せた。

しずくが光り、花びらが瑞々しく躍っていた。ありきたりな言葉しか出てこなかったが、とても綺麗な写真だった。私が驚くと夏帆は喜び、もっと写真を撮ろうと言った。私もなぜだか乗り気になって、夏帆の撮影にとことんまで付き合った。

その日、妙な達成感を胸に抱いたまま、中庭の水道で顔を洗ってから手を振って夏帆と別れた。家に帰り、少し冷静になった私は、今日の自分は一体何をしていたのだろうか、白昼夢かでも何か見ていたのだろうか、と考えながら、日焼けした頰に軟膏を塗った。

夏帆は次の日も現れた。当然のように私に話しかけてきたから、昨日のことは夢ではなかったのだと悟った。その日も私は夏帆の撮影を手伝った。その次の日も、また次の日も。夏帆は私の当番だった一週間、花壇の花を撮り続け、当番が終わった頃には、お互いの連絡先を交換し、学校内でも学校外でも話をする仲になっていた。

夏帆は、友達は多いが群れないタイプだ。ひとりになることを厭わず、誰かに合わせるより自分のしたいことを優先する。一本筋の通った芯があり、それを曲げないために、時にはぐさりと相手を突き刺す言葉も言った。そのせいで夏帆を嫌う人も少なからずいたけれど、私はむしろ夏帆のそんなところをかっこいいと思っていた。

私は今も昔も、どうしたって他人の目を気にしてしまう。孤立するのは怖いし、周囲から浮くくらいなら自分を抑えてみんなに合わせるほうがましだと思う。そんな自分のことは嫌いではなかった。だってほとんどの人が私と同じはずだから。

でも夏帆は違う。誰かが決めた普通をあっさりと破り捨て、どんなレッテルを貼られても気にしない。誰がどんな評価をしようともぶれない。夏帆の価値はいつだって、夏帆自身が決めていたから。

――ねえ、みんなの輪みたいなものから外れること、怖いと思ったことない？

いつか、夏帆にそう訊いたことがある。夏帆は、きょとんとした顔で答えた。

――当たり前だよ。なんで怖いなんて思うの？

──なんかさ、人に合わせてるほうが楽じゃない？　誰かがこれって決めたものの中にいれば、安全だし、平和だし。私はそこにいたほうがなんか、息がしやすい。

──朱音はそうなのかもしれないね。でもあたしは、自分の考え圧し潰して、みんなと同じこと言って、みんなと同じことするほうがずっとしんどいよ。そんなの、あたしがあたしである意味がないって思う。

──普通じゃないって思われても？

──かっこいいじゃん。どんとこいだよ。

夏帆はそう言って、ああでも、と続けた。

──最近はちょっとだけ考え方が変わったかも。けど根っこは変わらない。あたしは、あたしのしたいようにするだけ。いつだって、自分の好きな自分でいたいもん。

ちょっとだけ変わった、というのが、どう変わったのか、なぜ変わったのか、結局夏帆は教えてくれなかった。ただ、あのときの夏帆は間違いなく、誰よりもかっこいい人間だった。

対等な友達であると同時に、私は常に夏帆に憧れていたのだと思う。どうしたって私は夏帆のようになることはできないし、なりたかったわけでもない。ただ、自分にはない眩しいものを夏帆の中に見ていた。

私にとっての夏帆は、いつだって、遠い場所で輝くヒーローだったのだ。

花瓶に挿したひまわりから目を逸らし、ベッドに寝転んだ。まだ眠たくないから眠る気はないが、しばらくマットレスから起き上がれそうになかった。

体中の空気を吐き出し枕に顔を埋める。苦しくなって顔を上げ、呼吸をして、また枕に埋まった。

悲しかった。社会に出て、上司にセクハラされ、同期に舐められ、客に罵(ののし)られようと、ここまでの虚しさを感じたことはない。

自分で思うよりもずっと、変わってしまった夏帆に、ショックを受けていた。わかってはいる。あの頃の私たちはまだ子どもだった。大人になってしまった今、変わらないほうがおかしいのだ。変わったことをいちいち嘆くほうが馬鹿で、愚かであるのだ。

——自由な分、誰も守ってくれない。

何も怖いものなどなかった子どもの頃とは違う。私たちは自分勝手には生きられない。うまく世の中と折り合いをつけて生きていかなければいけない。周囲に影響され、流され、型にはまり、ただただ普通に、それを幸せだと思って生きていくしかない。私も、夏帆だって。

「夢見すぎてたのかも」

枕の中にぽつりと零した。

部屋のどこかでスマートフォンが鳴る。

のそりと顔を上げ、這いずるようにベッドから下りて、床に放られていたスマートフォンを拾った。夏帆からのメッセージが届いていた。

『今度の休み暇？　行きたい場所があるんだ、一緒に行かない？』

私はすぐには返事をしなかった。予定なら空いている。けれど、今夏帆と会っても素直に楽しめるかどうかわからない。

悩んでいると、また新着メッセージが入った。夏帆からかと思ったら修くんからだった。内容は夏帆とまったく同じ、次の休みに会おうという誘い。友達からもっと私を誘えと言われたのだろう。それで本当に声をかけてくる辺り、やはり修くんは私との関係を進めたがっているようだ。

しばらくどちらにも返さないまま、眠る直前に、それぞれに返事を打った。修くんには予定があるからと断りを入れ、夏帆には、いいよと、ひと言入れた。

選択の理由は自分でもよくわからない。ただなんとなく、本当になんとなく、そうしたいと思っただけだった。

◆

約束の日の午前七時。待ち合わせ場所にしていた喫茶とまり木に、夏帆はレンタカーに乗ってやってきた。天気は晴れ。今の時間はぎりぎり汗を掻かずにいられるが、昼にでもなれば夏が本気を出し、今季最高の気温を叩き出すことが予想されている。お手本のような八月の日だった。

出かけると聞いていたから、私は気合を入れてお洒落なワンピースを箪笥から引っ張り出していた。しかし夏帆がTシャツにショートパンツ、黒のキャップというラフな姿で現れたことで、私は間違えたことを瞬時に悟った。

「一旦家帰って着替えてくるから待ってて」

「いいって。別にその格好でも困らないし。あ、朱音に似合ってるよ」

「取って付けたように言わないで。てか、私もちゃんと行き先訊いておくべきだったわ」

「訊かれても言わないけどね。そのほうがわくわくするでしょ」

私は唇をへの字に曲げた。

ふたりでモーニングを頼み、お出かけですか、と訊ねるオーナーさんに夏帆だけが笑顔で「はい」と答え、腹ごしらえが済んだところで店を出て、黒色の軽自動車に乗り込んだ。

夏帆は運転席に、私は助手席に座った。後ろにはカメラだろうか、黒くて四角い大きなバッグが積まれていた。

「じゃ、出発進行。全速前進」

「全速駄目。安全第一」

「安全運転。ようそろ」

「ようそろ」

夏帆がアクセルを踏み込む。

車内にはつまらないラジオが流れていた。私たちはラジオよりもつまらないお喋りをしたり、お互い意味もなく黙ったりしながら、一般道をのんびりと行き、約二時間のドライブを続けた。

やがて夏帆は、田んぼだらけの田舎道(いなかみち)を抜けた先にある、砂利敷きの駐車場に車を停めた。周囲を背の低い山に囲まれた景色のいいところだった。

駐車場の近くに小屋があり、看板も立っている。観光地として有名な花畑で、名前だけなら私も聞いたことがある。

夏帆に続いて小屋に行き、受付を済ませ、農園の敷地に入った。季節によってさまざまな花が見られるこの場所は、今の時季、見渡す限りを鮮やかな黄色が——ひまわりの花が、埋め尽くしている。

「うっわ、すっご」

綺麗な花畑を目の前に、情緒の欠片もない感想しかない私を夏帆が笑った。

「朱音って昔から語彙力ないよね」

「いやここで私が文学的な表現しだしたら怖いでしょ」

「確かに」

広大な敷地には、エリアごとに少しずつ開花の時期を変えながら、多くのひまわりが植えられていた。見頃の過ぎたものも、これから咲き始めるものもあるが、どれも背が高く、生命の強さを感じさせる。

私たちは、エリアを区切る小道をゆっくりと進んだ。歩いても歩いてもひまわり畑が続いていた。世界にこの花しか存在しなくなってしまったかのように思えるほどだった。空の青さと緑の山、ひまわりの鮮やかな、幸福みたいな黄色。

「この辺にしよう」

四方を花に囲まれた敷地のど真ん中で、夏帆は肩に掛けていたバッグを下ろした。中身は予想どおり立派なレンズの付いたカメラだった。高校のときに使っていたデジタルカメラとはまるで違う、本格的で高そうなプロの道具だ。

「夏帆、ここに何しに来たの？」

「写真撮りに来たに決まってるじゃん」

「私を誘っておいて？」

「そりゃ、あたしがひまわりを撮るなら、朱音以上のアシスタントいないし」

本気か冗談か夏帆はそう言って、カメラのストラップを首に掛けた。一本のひまわりにレンズを向け、調整してからシャッターを切る。試し撮りだろうか、数枚近くの花を撮ってから、夏帆はひとりでひまわり畑の中に入っていった。

こめかみを汗が伝って地面に落ちる。アシスタントと言いながら、とくに私を呼ぶでもなく、夏帆は淡々とシャッターを切り続けている。

平日だからか、もしくは立っているだけで倒れそうになる炎天下だからか、見物客は少なく、ほとんど貸し切り状態だった。人の姿なんてずっと遠くにしか見えない。そんな静かな場所で、私は日傘に守られた小さな日陰の中から、夏帆のことを見ている。

「朱音さ、あたしに何も訊いてこないよね」

しばらく経ったとき、カメラのファインダーを覗きながら、夏帆が言った。

「何もって？」

「東京で何があったのか、とか」

カシャン、と音が鳴り、夏帆はカメラを下げて私に振り向く。

「訊いたほうがいいの？」

「いや別に。どうでもいいけど」

「じゃあ訊くけど」

「訊くんだ」

「なんで私を誘ったの？」

「訊くことそれ？」

夏帆が片方の眉を歪めて笑った。私はおでこにハンカチを当て、日傘の向きを少し変える。

「なんでだろとは思ってたんだ。夏帆がこっちに戻ってきて、なんで私に会ったのか。なんで今日、私を誘ったのか」

夏帆は友達が多かった。そのうちの何人と連絡を取り合っているかは知らないが、会おうと思えば会える人なら私以外にもいたはずだ。そもそも私とだって、五年以上も連絡を取っていなかった。それなのになぜ私とだけ会う気になったのか、気になっていた。

私は夏帆のことを特別な友達だと思っている。けれど夏帆にとっての私がそうだったとは思ってない。私自身はその他大勢の中のひとりに過ぎない自覚があったから。

だから、夏帆が私を思い出し、私ともう一度会ったことが、不思議だった。いやそもそも、友達が多く、それでいて友達をとくに必要としていなかった夏帆が、私と仲良くなったことからしておかしかった。

不思議だ。どうして私たちは今日まで、友達であれたのだろう。

「朱音があたしをどう思ってたのか知らないけどさ、あたしにとっての朱音は、わりと特別な友達だったよ」

夏帆はそう言って、ふたたびカメラをひまわりに向かい構えた。カシャン、とシャッター音が響く。

「あたしさ、朱音に憧れてたんだ」

「は？」と声を上げた。夏帆はこちらに背を向け、ふふっと笑い声を漏らしながら肩を揺らす。

「驚いた？」

「驚くってか、私に憧れる要素どこにある？　算盤二級持ってるとこ？」

「いやそれは知らないけど。朱音ってさ、あたしの知る中で、一番普通なんだよね。朱音を線で表せば、超真っ直ぐ。平坦。下にも上にも少しも出てない感じ。なんかもう、めっちゃナチュラルに大勢の中に溶け込んで生きてんの」

「え、喧嘩売ってる？」

「違うって」

　カシャン。また一枚、夏帆の見ている世界の一瞬が形として残る。

　私はなんとなく日傘を閉じた。強烈な日差しが直接届き肌を焼く。小道の先を見ると、熱気で表面がゆらゆらと揺れていた。夏帆と初めて話した日と一緒だ。あの日も、まぼろしみたいに景色が揺らめく、それはもう、暑い日だった。

「あたしってさ、人と違うことが個性的でかっこよくて、グループ作ってみんなと同じことをする子たちのことをダサいって思ってたんだよね。でも朱音と話すようになって、なんか、自分の考えばかりが正しいわけじゃないって気づいた」

　夏帆はカメラを私に向けた。私たちはレンズ越しに向かい合った。

「人と違うことをしたいって、自分の個性を生きてるようでいて、常に人と自分とを比べちゃってるってことでもあるんだ。あたしは自分の好きなようにしてるつもりだったけど、結局のところ心のどこかで他人と自分とを並べて見てて、普通でいたくない、誰かと一緒じゃ生きてる意味ないなんて、強迫観念みたいに考えてた」

　夏帆はレンズを覗いたまま、でも、と続ける。

「朱音はあたしとまるで反対なんだよ。普通でいることが悪いことだなんて思ってなくて、自分が特別なんだって錯覚もない。たくさんの人の中に混ざって、でもちゃんとそこで自分として個を確立して生きてる。正直、朱音のことを知る前は、朱音はあたしにとってどこにでもいるその他大勢でしかなかったよ。けど、あんなふうにはなりたくないなんて思ってた子のほうが、ある意味、あたしよりずっと自分自身ってものを確かに持ってたんだよね。あたしには、それが衝撃的だった」

　夏帆はシャッターを切らず、カメラの中から私を見ていた。私はちりちりと頭のてっぺんが焼けるのを感じながら、瞬きをして、夏帆を見ていた。

「人と同じことがつまらないとか、人と違うから駄目だなんてことはない。何がかっこいいとかかっこ悪いとかも決められない。それぞれ、自分の息のしやすい場所で、自分に合った生き方をしたらいいんだって知ったんだ」

カメラが下ろされ、夏帆と直接目が合う。夏帆がにいっと笑った。私は手の甲で、鼻の下に溜まった汗を拭った。

「それ褒めてる？」

「褒め言葉しか言ってないけど」

「まあ、そう受け取っておくわ」

俯いた視界の地面に汗が落ちた。吐き出した息が熱い。そのわけは、体温が上がっているからであって、泣きそうだからでは断じてない。

夏帆のことを、特別な友達だ、憧れだなんて言いながら、結局自分の理想を押し付けてばかりいた。私は夏帆の本質なんて少しも見ていなかったのだ。夏帆はこういう人間だ、と勝手に型にはめて見ていた。

夏帆は、私が思うようなヒーローではない。私と同じ、くだらないことで悩む普通の子だ。

でもやっぱり違う。私たちは全然違うけれど、そこを認めて、対等な友達になれる。これからもきっと肩をくっつけ合って笑い合えるのだと思う。全然違うからこそ、馬鹿みたいにお互いに憧れて、尊敬して、うまい距離でやっていける。

　知らなかった夏帆の本音を初めて知って、私はやっぱり、夏帆が好きだと自覚した。調子のいい話だとも、自覚しているけれど。

「夏帆」

「ん？」

「なんかごめん」

「何それ。あんたなんかしたの？　よくわかんないけど、まあいいよ」

　あっさりと夏帆は言った。私は目頭を擦り、もう一度日傘を開いた。陽光が遮られ、私のいる場所だけが影になる。

「でも普通に生きるってのも楽じゃないからね」

「だね。あたしには無理。朱音尊敬するわ」

「やっぱ喧嘩売ってるでしょ」

「違うって。だってあたし、考えてみたけど、やっぱり就活も結婚も絶対嫌だし、子ども育てる生活も向いてないし。あと、写真家であり続けたいって思ったから」

　え、と呟く。夏帆がキャップを取って髪を掻いた。太陽の匂いを嗅ぐように、鼻の先を上に向ける。

「あたしね、フリーとしてやってくことにした。今日はその報告もしようと思って朱音を誘ったんだ。これからは人じゃなくて、自然を撮るつもり」

「そう、なんだ」

「驚いた?」

「驚いた」

けれどすとんと胸に落ちた。夏帆が何者であっても私にとってはもう同じだけれど、夏帆にとってはやっぱりそれこそが、夏帆のありたい自分なのだろう。

「だからまた地元離れるけど。地元どころか、たぶん日本離れる」

「そっか。うん、でも、いいんじゃないかな。夏帆らしいよ」

「あたしもそう思う。うまくいくかはわかんないけど」

「やれるよ。夏帆なら」

にいっと笑うと、夏帆も同じ顔をして、キャップをかぶり直した。

どこででも、なんでもやれると思う。その行く道に——私の行けない道を行く背中に、私はいつだってエールを送ろう。夏帆が少しだけ疲れたときに振り返るだろうこの場所から。もしも親友がしょげたときには、今度こそ、肩を組んでやる準備をして。

「朱音のほうは」

「ん？」

「なんか報告とかないの」

　訊かれて少し考える。

「実はちょっと前から、いい感じになってる人がいるんだけど」

「へえ」

「見た目悪くないし、ちゃんとしたところに勤めてて、たぶんそこそこ優良物件。で、おそらくもうすぐ付き合う流れになりそうで。この歳になると結婚とか意識するし、そこら辺含めて、いいなって思ってる人でさ」

「おお」

「でもやめる」

「は？」

　夏帆が目を丸くした。私はくるりと日傘を回した。

「なんか、その人と付き合うのいいなって思おうとしてたけど、ちゃんと考えてみたらまったくときめかないから」

　そう言うと、何がそんなに面白かったのか、夏帆はぶはっと下品に噴き出した。

遠くにいた他のお客さんがこっちを振り向くほどだった。

「いいと思う。そういうの大事だよ」

夏帆はお腹を抱えながら言う。

「うん。修くんには悪いけど、私よりいい女探してくれって思う」

「簡単に見つかりそう」

「うるさいな」

「朱音ってさ、普通と違うこと怖がるわりに、たまに自ら変なほうに行くよね」

「たまにって、今までにあったたっけ？」

「あたしと友達になったこと」

確かに、と納得すると、夏帆はまた豪快に笑った。

真っ昼間のひまわり畑の真ん中で、私たちは、友達になった日と同じようにひまわりの写真を撮っている。

「朱音。その日傘で、ここに影作って」

当然のように私を使う夏帆に呆れながら、私は言われたとおりに日傘を掲げた。

カシャンと、夏帆のカメラがシャッターを切った。

4話　一輪の花へ花束を

「えっと、四年半、お世話になりました」

部長にへこりと頭を下げた。ついでにお世話になった先輩と、あんまり好きじゃなかった同期と、そんなに話したことのない後輩にも。

「ん、お疲れさん。引継ぎもしっかりやってくれてありがとな。仁志がいなくなると来週から寂しくなるな」

「あはは」

たぶん部長は本気で言ってくれている。とはいえ実際には来週になれば僕のいた穴など綺麗に埋まり、存在はさらっと忘れ去られるのだろう。自分がどの程度の人間かくらい、自分が一番よくわかっている。

「ところで仁志、うち辞めて、何するんだ？」

花束の花の数を数えていた僕に部長が言う。

「や、今のところ予定はないんですけど。いろいろ、忙しくてできなかったことでもやろうかなと」

「そうか。若いうちはそういう時間も大事だよな」

まあ頑張れよ、と部長に背中を叩かれた。僕は「はい」と答え、もう一度みんなに頭を下げた。大学を出て入社し、四年半地味に勤めた会社を、僕はそうやってなんのしがらみもなくごく普通に退職したのだった。

正直なところ、仕事を辞めた理由は、自分でもよくわかっていない。別に待遇が悪かったわけではないし、パワハラを受けていたわけでもない。ただ、なんとなく辞めようかなと思って、気づいたら本当に辞めてしまっていた。

部長には「できなかったことをやる」と言ったけれど、その場しのぎで適当なことを言っただけで、別にやりたいことなんてとくにない。だから仕事を辞めたら無意味にたくさんの時間ができただけだった。もちろん、次の仕事は探すつもりだ。

ただ実家暮らしだし、趣味がない分お金を使う場所もなくて、そこそこ通帳の残高が貯まっていたから、再就職を焦ることもなかった。まあ、社会に出てからサボらず真面目に働いていたのだから、せっかくだし、ちょっとゆっくりしようじゃないか。

そう思いながらごろごろしていたら、あっという間に一ヶ月が過ぎた。

「朔太郎(さくたろう)。あんたいつまでそうしてるつもり？」

居間でスマホゲームをしていたら急に手元が翳(かげ)った。顔を上げれば目の前で母さんが仁王立ちしていた。その顔の迫力に僕は思わずスマートフォンを落とした。ゲームに負けたときのＢＧＭが居間に鳴り響く。

「え、何、急に。どうしたの」

「どうしたのじゃない。いつまで働きもせずごろごろしてるのって訊いてんの」

「いつまでって、わかんないけど」

「仕事辞めてから一件でも面接行った？」

問われ、僕は壊れたおもちゃみたいにぎこちなく首を横に振る。

「行って、ない」

「そう。じゃあ今すぐ仕事探しに行け。家を追い出されたくなかったら」

母さんがびしっと玄関を指さした。僕が「でも」とか細く呟くと、母さんは声を二オクターブ低くして言った。

「行け」


「はあ。どこも興味湧かないなあ」

公園のベンチでコンビニコーヒー片手に求人サイトを見ていた。正社員の募集自体はいくらでもあったが、どれもいまいち魅力を感じず応募に前向きになれない。

とはいえ僕は、資格なし、能力なし、たいした学歴も職歴もなし。選り好みできる立場でないことは重々承知している。仕事とお金を貰えるだけでありがたいと思わなければいけない。

それでもやはり、やる気は出なかった。まあ、一件でも面接を受けておいたら母さんも納得して、もうしばらくは家に置いてくれるはずだ。どうせすぐには採用されないだろうし、どこかに応募くらいはしておこう。

そう思いサイトを適当に眺めていると、画面に着信の通知が入った。兄ちゃんからの電話だ。僕はすぐに通話ボタンを押す。

「もしもし」

『あ、朔？　俺だけど』

「うん、どうしたの？」

兄ちゃんとはよく連絡を取り合っているが、電話をしてくるのは珍しい。何かあったのだろうかと思ったら、

『なあ、おまえってまだニート続けてる？』

と挨拶もなしに言われた。随分不躾（ぶしつけ）だがとくに気にすることもない。そういう類のプライドを持ち合わせていないのは、僕のいいところだと思う。

「続けてるよ。母さんには怒られたところだけど」

『なら、時間あるよな』

「まあ」

『あのさ、もしよければなんだけど、一週間だけうちの仕事を手伝ってくれないか？』

どこか言いづらそうに兄ちゃんは言い、給料は多めに出すから、と続けた。

「うん。いいよ」

『え、あ、そうか』

「兄ちゃんの仕事を手伝うってなったら、面接に行かなくても母さんに怒られずに済みそうだから」

兄ちゃんは、地元で『仁志よろず請負本舗』という小さな会社を経営している。いわゆる便利屋というものである。犯罪以外なんでもやります、のキャッチコピーのとおり、犬の散歩に買い物代行、部屋に現れたあの虫の抹殺、除霊に痴話喧嘩の仲裁などなど、あらゆる依頼を受けてはこなしている。

今までも仕事が休みのときに何度か手伝ったことがあるし、何より今の僕は無職で暇だ。ちょっと働いてお金も貰えるとなれば、断る理由はなかった。

「それより一週間って、もしかして人手足りてないの？」

『足りてないというか、ちょっと一件特殊な依頼があってな。それを任せられる人員を探してて』

「特殊？」

『えっと、正直に言うと、絶対に受けたい仕事ってわけでもないんだ。だからおまえがやらないってんならこの案件は断るつもりなんだよ』

兄ちゃんはやはりどこか口ごもっている。僕は、誰もいない公園の滑り台を見つめ、ぐにりと首を傾げた。

「どんな内容なの？」

『それが、なあ』

この歳で言うのもなんだが、僕は七歳年上の兄ちゃんにそれは甘やかされて育ってきた。すでにおっさんの兄ちゃんは、おっさんになりかけている僕をいまだに可愛いと思っているから、危険な仕事を任せたりはしないはずだ。

ならば、兄ちゃんが言い淀む理由はなんなのだろうか。

『実は……』

◆

依頼人が指定した日時に、僕は荷物を持って待ち合わせ場所へと向かった。

月曜日の午前十時、の五分前。遠くへ行くわけでもないのに、僕は海外旅行にでも行くかのようなスーツケースを引いて、待ち合わせ場所である『喫茶とまり木』の前でタクシーを降りた。

依頼人は土谷花子という名前の女性だそうだ。古風な名前だなと思うが、あまり人のことは言えない。年齢は二十四歳。事前に服装の特徴を教えてもらっており、店に入ると、入り口から見えづらい一番奥の席に、聞いていたとおりのベージュのブラウスにジーンズ姿の女性を見つけた。僕はおずおずとその女性のいる席に近づく。

「あの、仁志よろず請負本舗の者ですが、土谷さん、でしょうか？」

声をかけると、女性は小さな声で「はい」と答えた。僕は「あ、はあ、どうも」とコミュ障のお手本のような反応をして、へこへこ頭を下げながら女性の向かいに座った。

土谷さんは、小柄で細身、髪は綺麗な黒色で肩に触れるくらいの長さがあった。とりあえず二十四歳女性というプロフィールに偽りはないようだ。全然違う人が来たらどうしようと思っていたからひとまず安心ではあるが、全面的にほっとできないのは、彼女がマスクと眼鏡で素顔のほとんどを隠していたからである。

僕は、テーブルにやってきた店員さんにブレンドコーヒーを注文した。土谷さんも同じものを頼んだ。

にこやかに対応してくれるおばちゃん店員さんに癒（いや）されながら、それでもかなり緊張したまま、僕は兄ちゃんに渡された即席の名刺を渡した。

「仁志朔太郎と申します。よろしくお願いします」

土谷さんが名刺を手に取る。

「仁志って、もしかして社長さんですか？」

「あ、いえ。社長の弟です」

「へえ……」

土谷さんは名刺をじっと見ていた。僕は、そんな彼女の目を眼鏡越しに見ていた。濃い化粧はしていないようだが、瞳が大きく、二重がくっきりしていて睫毛も長い。よく見れば、絵に描いたみたいに綺麗な形の目をしている。

ふっと、土谷さんが視線を上げた。僕はびくりと肩を揺らした。慌てて鞄に手を突っ込み、渡されていたファイルを取り出す。

「あ、と。今回の土谷さんのご依頼内容について、再度確認させていただいてもいいでしょうか」

兄ちゃんの会社はいまだに紙でのやり取りをお客さんとしている。僕は書類をテーブルに置き、印刷された内容を読んでいく。

「七日間、一緒に生活してほしい」

依頼内容の欄には、そう書かれていた。もちろん兄ちゃんからもはっきりそう聞かされていた。

「とのことで、間違いない、ですかね」

土谷さんは頷く。

「はい。普通に、普通の生活を。私たちの関係は、そうですね、ルームシェアしている友達っていう感じで」

「あ、はい、えっと、了解です。本日の午前十時から丸七日間、来週月曜日の午前十時まで、ということでいいですか？」

「お願いします」

土谷さんは頭を下げた。僕もそこら中に目を泳がせながら同じようにお辞儀をした。

一週間、一緒に生活する。それが土谷さんの依頼であり、僕に任された仕事内容だった。

依頼が来たとき、土谷さんが若い女性というのもあり、こちらも女性スタッフを用意するつもりだったらしい。けれど一週間という長期間、そのうえ土谷さんのほうから必ずこの期間でという明確な日程の指定があった。会社の女性スタッフたちはすでにスケジュールが埋まっており、誰もこの件を担当することができなかった。そのため兄ちゃんは依頼を一度断ったそうだが、土谷さんは『女性じゃなくても誰でもいい』との返事を寄越した。その結果僕に声がかかり、今に至っている。

新人スタッフ料金、深夜割増なし。それでも七日間の利用で四十万を超える金額を、土谷さんはすでに一括で支払っていた。

兄ちゃんは売上の七割を僕にくれるという。会社員時代の一ヶ月の手取りより多い額だ。わりのいい仕事だと思い請け負った。

けれど今は少しだけ、後悔している。

やっぱり、ちょっと怖い。僕はこれからまったく知らない人と、知っている人みたいな体で、七日間暮らさなければならない。しかも、まったく知らない人と一緒に生活したいなんていうかなり変わった相手と、だ。

「あ、えと、もう間もなく十時、ですね」

それでも受けたからにはとりあえずやってみるつもりだ。土谷さんは大人しそうで華奢だから、何かあっても腕力ではぎりぎり勝てるはずだし、兄ちゃんから『料金はいつでも返金できるようにしてあるから身の危険を感じたらすぐに逃げていい』と言われているし。あ、あと『絶対に依頼者に手を出すな』とも言われているけれど。

「はい。もうすぐ、ですね」

土谷さんが自分のスマートフォンの画面を付けた。画面上の時計が、九時五十九分から、十時に変わった。

土谷さんは、何かをリセットでもするように、ゆっくり瞼を閉じて、開く。

「じゃあ、今から私たちは友達だから。私はきみのこと朔ちゃんって呼ぶね」

「はい？」

急に口調と雰囲気が変わり、僕は思わず素っ頓狂な声を上げた。土谷さんは僕の名刺をさっさとバッグにしまい、テーブルの上の書類も早く片付けろと言わんばかりに突き返す。

「え、あの、僕は、どうしたら、というか、どう呼べば?」

「好きなようにどうぞ」

「じゃあ、あ、えっと、喋り方は、このままで」

タメ口にしようにも、どこかで敬語になりそうだ。ただ、一応友達という設定だから「土谷さん」と呼ぶのは微妙だろう。名前を呼ぶべきか。でもさすがにちゃん付けはハードルが高い。

「花子さん、でいいでしょうか」

学校の怪談っぽいが、それが彼女の名前なのだから仕方ない。

「うん、いいよ。じゃ朔ちゃん、一週間よろしくね」

花子さんが僕に右手を差し出した。僕は恐る恐る握り返す。マスクで見えないはずの唇がにいっと笑ったのがわかり、やはり早まったかな、と僕は思った。

頼んでいたコーヒーがやってくる。

僕は砂糖とミルクをたっぷり入れて掻き混ぜた。花子さんはどちらも入れず、ブラックのままで飲むようだ。

ティーカップの取っ手を摑み、花子さんはきょろきょろと周囲に目を向けた。なんだろうと思い僕も辺りを見回す。隣のテーブルにお客さんはおらず、離れたところに常連っぽい雰囲気のお客さんが二組。カウンターには若い男性店員さんとおばさん店員さんがいる。誰も、僕らには興味なんてなさそうにしている。

花子さんは視線を戻すと、マスクを下げた。間近で見た彼女の素顔に、僕は口をぽかんと開けた。

「え?」

花子さんと僕は今日が初対面だ。でも僕は、花子さんの顔を知っていた。

綺麗な二重の大きな目、形のいい鼻筋に、小さな八重歯の見える唇。透き通るような白い肌と、美しい輪郭。どの角度から見ても五度見はしてしまうほど整った彼女の外見は、人気女優の来島小華(くるしまこはな)にそっくりだったのだ。

「く、くる」

僕は芸能人にはあまり詳しくない。けれど来島小華のことはさすがに知っている。十人が見たら十人が美人だという癖のない容姿に、十代の頃から舞台で鍛えた表現力と度胸で、今不動の人気を誇っている若手女優。つい最近も、大御所俳優陣が脇を固める中で主演を務めた映画が大ヒットしていた。もちろん、僕も映画館に観に行き、家族愛に感動して号泣した。

雲の上の人。僕にとっては高嶺の花どころか高嶺の星だ。どれだけ手を伸ばしても届かないし、努力では辿り着けないし、向こうからは僕の姿など少しも目に入らない。スクリーン越しにしか会えない相手だと、思っていた。

「あ、あの、女優の来島小華に似てるって言われません？」

まるで本人を目の前にしているようだった。自分は芸能人の誰誰に似ている、なんて話はよく聞くけれど、ここまで似ている人は見たことがない。というか、こんなに綺麗なら、花子さん自身が芸能人になれそうだ。

「言われない」

「え、でも、めっちゃ似てると思うんですけど」

「似てるとは言われない。だって本人だもん」

花子さんはコーヒーを啜る。数秒間、時が止まる。

「ほ、え？　ほ？」

僕は挙動不審に周囲を見回し、テーブルの上に身を乗り出した。

「く、来島、小華？」

小声で訊くと、花子さんは「うん」とあっさり答えた。

「で、でも。なら土谷花子ってのは、偽名ですか」

「逆。それが本名。来島小華が芸名」

「じゃ、じゃあ、本物の？」

「だからそう言ってるでしょ」

そう言っていても、信じられなかった。本物の来島小華だって？　あの国民的超人気女優が、今僕の目の前にいて、話をして、同じコーヒーを飲んで、それから、一週間一緒に暮らすだって？

僕は夢でも見ているのだろうか。もしやラノベの主人公にでも転生したのか。宝くじで七億円当てるよりもとんでもない運の使い方をしている気がする。

「あ、そうそう」

花子さんがコーヒーカップに口を付けながら言う。

「期間中、朔ちゃんは、ただの一般人の花子さんとして私に接してね。そうじゃなきゃ契約違反だよ。あと、依頼者のプライベートに関する事項と、依頼中のことを外部に漏らすことも禁止って契約になってるはずだから、まあ、わかるよね？」

形のいい目が僕を見た。思わずどきりとする。このどきりは、ときめきではなく、ちょっと怖いほうのどきりである。

「は、はい。もちろんです」

つまり来島小華がこんなことをしていると、誰にも知られてはいけないということだ。言われなくとも漏らすつもりなどなかったが、何か、とてもいけないことをしているような気持ちになってきた。

花子さんが来島小華と知り束の間舞い上がった。でもよくよく考えてみれば、これは「嬉しい」なんて単純に思えることではない。ただでさえ風変わりな依頼だったのが、より一層異様なものになってしまった。本当に大丈夫なのだろうか。一体どうなるのだろうか。僕は一週間、この人と普通に過ごせるのだろうか。

「さて。んじゃ早速我々の家に行こうか」

花子さんがマスクを着け直し席を立った。僕は残っていたコーヒーを慌てて飲み干し、花子さんに続いた。

ふたり分のコーヒー代を払い店を出た花子さんは、そのまま勝手知ったる様子でどこかへ向かって歩き始める。僕はがらがらとスーツケースを引き、姿勢のいい花子さんの背中を追いかける。

喫茶とまり木は、海辺から延びる街道を山裾に沿って緩く登っていった先にある。お店自体はお洒落だが、付近の街並みは至って地味な住宅街が続いている。花子さんはそこを五分ほど歩き、とある一軒家の前で足を止めた。築数十年は経っているだろう平屋だ。荒れてはいないようだが、人が住んでいる気配はない。石塀には表札があり『藤田(ふじた)』と書かれていた。

「ここが、私と朔ちゃんが一週間暮らす家」

錆(さ)びた門扉(もんぴ)を開け、花子さんは敷地内に入っていく。

「こ、ここが?」

「うん。電気とガスは通ってないけど、水道だけは使えるようにしてあるから。つまりお風呂は入れないから、近所のスーパー銭湯に行くからね」

「あの、こちらのお宅って?」

「心配しないで。勝手に侵入してるわけじゃないから。ここ、私のおばあちゃんの家なの。今は誰も住んでないけど」

「おばあちゃん?」

「そう。昔はよく遊びに来てたから、私にとっては慣れた家だよ。この辺りも、詳しいわけじゃないけど、少しは知ってる」

花子さんはショルダーバッグから出した鍵を引き戸の鍵穴に差し込んだ。かちりと鳴り、スムーズに錠は開く。

「へえ。おばあちゃんとの思い出の場所ってわけなんですね」

戸を開けた先には薄暗い廊下が続いていた。玄関に靴は一足もなく、見る限り物も見当たらない。

「一応言っておくけど、うちのおばあちゃん死んでないからね。足が悪いから施設に入ってるだけで、まだ元気だから」

「あ、そうなんですか」

「ほら入って」

お邪魔します、と言って中に入る。玄関を抜けてすぐ左右にそれぞれ部屋があり、その先の右手側に水回り、左手が客間になっていて、奥に台所と居間があった。

花子さんは客間に荷物を置くようにと言った。言われたとおり客間に入り、くしゃみをしながらスーツケースを開いている間に、花子さんは部屋の雨戸を開けていた。掃き出し窓の向こうには小さな庭がある。昔は花でも植えていたのだろうか、煉瓦(れんが)で区切られた花壇のようなものも見える。

「花子さんの荷物は？」

「もう隣の部屋に置いてある。朔ちゃんはここを自分の部屋として使って。私は隣を使うから」

「はい。わかりました」

僕がせっせと服や日用品を出しているのを、花子さんは監督のように腕を組んで見ていた。背中を丸めて下着を隠しながら、僕はちらりと花子さんを見上げる。

「あの、そんなふうに見張らなくても変なことはしませんから」

「別に見張ってなんかないよ」

「じゃあなんでしょう」

「これから何をしたらいいと思う?」

「え、いや、こっちが訊きたいんですけど」

「訊かないでよ。ねえ普通、じゃあ今からここで生活しますってなったら何をする?」

花子さんはしゃがんで僕と視線を合わせる。マスクを外し、綺麗な顔がはっきり見えている状態だ。僕は酔いそうなくらい目を泳がせながら「えっと」と適当に答える。

「食べ物を揃えるのが重要な気がしますけど、まあそれは出前でもなんでもできるし……僕ならまず、掃除をしたい、ですかね」

「掃除ねえ」

「はい。軽くでいいと思うんですけど」

空き家であったせいか、家の中が妙に埃っぽかった。恐らく、定期的に家の人が手入れには来ているのだろうが、こまめに風を通している家とは違う、空気の籠っている感じがする。

「うん。確かに。ここに来てから鼻がむずむずするのはそのせいか」

「雑巾とかってあります？」

「ないから買いに行こう。他にも必要なものがあるし」

花子さんはスマートフォンで何かを調べ出す。

「近くに大きいホームセンターがあるみたい。そこに行こう」

「花子さんも行くんです？」

「そりゃそうでしょ。ひとりで居残ったって暇だし。朔ちゃんだってひとりで買い出し行くの寂しいでしょ」

「はあ。いや、寂しくはないですけど」

大丈夫だろうかと思いつつ、僕は花子さんと近所のホームセンターへ向かった。

広い建物と駐車場が揃った、田舎らしい大型の店舗だ。平日の午前だが車はそこそこ止まっている。

花子さんは入り口にあった大きなショッピングカートを押して店内に入った。

堂々としている花子さんのあとを、僕は万引きGメンに目を付けられそうなほど挙動不審に付いていく。

花子さんは、眼鏡こそしているもののマスクは着けていなかった。よく見れば来島小華だとすぐにわかってしまう。ばれて騒ぎにならないだろうかと、僕は始終心配していたが、案外というかなんというか、誰にも声をかけられず、遠くから何か言われている様子もなく、至って平和に店を回ることができていた。

「気づかれないものですね」

カートに掃除用品をぽいぽい入れていく花子さんにこそりと話しかける。すぐ横をお客さんが通ったが、やはり気づかれてはいない。

「そうだね。東京だったらさすがにこうはいかないけど」

「まあ確かに、こんな田舎で来島小華が普通に買い物してるなんて、そりゃ誰も思わないか」

「そもそも他の客の顔なんてたいして気にして見てないだろうし」

ありがたいけどね、と花子さんは言う。

その後も僕らはホームセンターを満喫し、必要なものを購入した。電源を必要としないアナログな清掃用具の他に、カセットコンロや紙コップ、紙の皿、トイレットペーパーなどなど。

　予想以上の大荷物を抱え、僕らはひいひい言いながら帰宅した。家に着くと、花子さんは部屋着だというTシャツとジャージに着替え、早速掃除を始めた。自分の部屋は自分で。他の部屋は協力し合って。僕は、行動しだすのは非常に遅いけれどいざやり始めると集中するタイプなので、掃除に没頭しすぎてしまい、様子を見に来た花子さんに「業者？」と言われてしまうのだった。

　掃除の途中、家に荷物が届いた。花子さんが事前に注文していたものだという。あまりに巨大な段ボールだったから、人間でも入っているんじゃないかと身構えたら、中身は二組の布団だった。花子さんに言われ梱包（こんぽう）を解き、僕と花子さんの部屋にそれぞれ畳んで置いておいた。意外としっかりここに住もうとしているのだなあと、僕は今さらなことを思っていた。

　出前を頼み、昼休憩を挟みながら約三時間。頑張ったおかげで僕らの家はすっかり綺麗になった。床に溜まっていた埃はなくなり、窓ガラスの曇りも消え、開け放った窓からは新鮮な空気が流れ込んでくる。これで清々（すがすが）しく一週間を過ごすことができるだろう。

「朔ちゃんお疲れ」

居間で達成感に浸っていると、花子さんが現れた。ん、と右手を差し出されたから、僕も差し出し返すと、手のひらにひとつ飴玉（あめだま）が落とされた。花子さんも飴を舐めているのか、ほっぺたが片方ぽこりと膨れている。

「ありがとうございます。飴持ってきてたんですね」

「いや。台所の引き出しに入ってた」

「え、それ、賞味期限大丈夫ですか」

「さあ。カビは生えてないっぽかったからたぶん大丈夫」

「ええ……」

「食べたくなかったら食べなくていいよ」

花子さんがくるりと背を向ける。僕は恐る恐る包みを開け、匂いを嗅いでから口に放り込んだ。飴は、甘い桃の味がした。

時刻は午後三時を過ぎたところだ。この家にはテレビもなく、ゲーム機もパソコンもなく、漫画もない。スマートフォンはあるが、家の電源が使用できないため、充電はソーラーチャージャーに頼るしかない。やや心許（こころもと）なく、無闇に使うことはできない。

「今からどうします？」

訊ねると、花子さんは間を空けてから答えた。

「やっぱり、食べ物はあったほうがいいよね」

「冷蔵庫使えませんけど」

「お湯沸かせるし。お菓子も欲しいし」

「確かに」

「よし。スーパー行くか」

花子さんは近くのスーパーを知っているという。持参したエコバッグを持って、部屋着姿のままの花子さんと共に、食料の買い出しへと出発する。

「朔ちゃんって料理できる？」

道すがら訊ねられ、首を横に振った。

「いえまったく。ずっと実家暮らしで、食事は母頼りで生きてきちゃったんで」

「駄目だよ。今はね、男も料理作れなきゃいけない時代だから」

「花子さんは料理できるんですか？」

「まったく」

あっさり答える花子さんにじとりとした視線を向けると、花子さんはおどけるように下唇を突き出して、軽やかなスキップで僕を置いていった。正直言って、ものすごく可愛かった。僕はひっそりと気持ち悪くこの幸せを噛み締めた。

花子さんの案内でやってきたスーパーは、個人経営感満載の、聞いたことのない名前の小さな店だった。僕らは買い物かごいっぱいのカップラーメンと菓子パンとスナック菓子を買い、緑茶とコーヒーとオレンジジュースのペットボトルも購入した。栄養が非常に偏りそうだが、冷蔵庫も冷凍庫もないのだから仕方ない。サラダや刺身を都度買いに来るか、出前を頼めば、まあ一週間くらいなんとかやっていけるだろう。

家に帰ると、買ってきたばかりのカップラーメンで早めの夕食を済ませ、腹ごしらえをしてからスーパー銭湯に向かった。案外立派な入浴施設のある場所で、僕はお風呂の時間が毎日の楽しみになりそうな予感がしていた。ただ、上がる時間を相談していなかったおかげで花子さんが出てくるまで三十分も待たされる羽目になった。明日からはきちんと終わりの時間を話し合っておこうと僕は心に決めた。

「いい湯だったねえ」

すっかり湯冷めした体で帰路につく。時間は六時半を過ぎており、とっくに日は落ちて、夜の空に変わり始めていた。

「家に帰ったら何します？」

「ごろごろして寝る」

「え、もう？」

「だってうち電気ないもん。寝るしかないでしょ」

「そうだった」

一応懐中電灯はあるが、それで多少部屋を明るくしたところですることもない。今日はいろいろあって疲れているし、布団に入ってしまえばすぐに眠れそうな気もしている。

考えていたら、段々眠たくなってきた。大きなあくびをしたところで、家の前まで辿り着いた。近所の他の家々は窓から灯り(あか)が漏れている。僕らの家は暗いままだ。生活感などない。でも、今日からここに住む。

「ねえちょっと」

門扉を開けたところで声をかけられ振り向いた。隣の家の敷地から、おばさんが顔を覗かせていた。

「あの、そちら、藤田さんのお宅のはずですけど、あなた方、藤田さんのお身内？それとも新しく越して来た方かしら」

おばさんはあからさまに不審な目を向けている。僕はちらりと隣を見た。花子さんは少しも動揺することなく、人当たりのいい笑みを浮かべていた。

「祖母がお世話になっております。私、藤田月子（つきこ）の孫の花子です。越してきたわけではないのですが、一週間だけこの家で過ごすことになりまして」

短い間ですがよろしくお願いします、と花子さんは頭を下げる。するとおばさんは「あら」とさっきまでと違う明るい声を上げた。

「花ちゃん！　覚えてるわよ！　何、えらい別嬪（べっぴん）さんになって。もうこんなに大きくなっていたのねえ」

「二十四になりました」

「いやだ、あのときは小学生だったはずなのに。そりゃ私も歳を取るはずだわ」

一気に警戒を解いたらしいおばさんは、思い出話を語ったり、花子さんのおばあちゃんのことを訊いたり、僕らの関係を勝手に予想したり、とにかくいろいろ捲くし立て、しばらくしてから「夕飯の支度忘れてた」と慌てて家に帰っていった。

僕らもようやく中に入る。外の街灯が薄（う）っすら入るだけの暗い家は、ほんのちょっとだけ怖い。

「ご近所さん、花子さんが来島小華だって知らないんですね」

玄関に置いていた懐中電灯で部屋を照らした。僕が自分の部屋に入ると、花子さんも付いてきた。

「私がおばあちゃんに、芸能活動のことは周りの人に内緒にしてって言ってたから」

「近くで見ても気づかなかったですし」

「そもそも来島小華を知らないかもしれないしね」

花子さんが僕の部屋の掃き出し窓を開ける。

「そんなことってありますか？　あの来島小華ですよ」

「いや、きみが思ってるより知られてないものだよ。若い俳優はみんな同じ顔だって思われてたりもするし。まあでも、普通の生活を送るのにちょっと困るくらいには知られてるかな」

窓際に腰を下ろし、花子さんは何もない庭を眺めた。本人は意識していないかもしれないが、随分と姿勢がいい。人に見られ慣れている人の所作だ。

「私は本名を公表してないし、事務所の方針でプライベートもほとんど明かしてないからね。土谷花子と来島小華を分けやすいってのはあるかもしれない。だから今回みたいなこともできるわけだけど」

僕は部屋の隅っこで、しゃんと伸ばされた花子さんの背筋を見ている。

「とにかく、今の私はただの土谷花子。この町でそうやって過ごすのに不便はないって今日一日でわかったし、朔ちゃんも、私をただの花子さんとして見てよね」

「はい。わかってます」

どうして、花子さんはこんなことを始めたのだろうか。

忙しく、才能があり名も顔も知られ、若いながら財産も名誉も得ている彼女が、ただの一般人として、特別なことをするでもなく赤の他人と生活する。

理由はあるのだろう。けれどそれを詮索するのは、僕のすべきことではないとわかっている。僕は一週間、この家で花子さんの友達として普通の生活をしたらいいだけだ。そうすることだけが、僕が今ここにいる理由であるのだ。


兄ちゃんに一日の報告メールを送ってから、布団に入り、すぐに寝た。翌朝目覚めたのは早朝四時半。目覚めたというか、花子さんに起こされた。

前日は後期高齢者並みに早寝をしたから、早起きするのは苦ではなかった。ただ、朝食の菓子パンを食べてすぐ早朝ランニングに付き合わされたのには堪えた。僕は運動なんて中学生以来まともにしていないのだ。不摂生を極めたニートはランニングなんていう健康的なことをしたら速攻で倒れてしまう。そう力説したが、花子さんには聞き入れてもらえず、とりあえず一緒に走り出してはみたものの案の定五分も経たずにばててしまい、あっという間に置いていかれた。

仕方ないからウォーキングに切り替えゆっくりと近所を回っていると、五キロのランニングを終えた花子さんとちょうど同じタイミングで家に帰り着いた。それから昨夜も行ったスーパー銭湯で汗を流し、家に戻るとふたりで揃って二度寝した。

目が覚めてからは、僕は昭和初期のようにタライで洗濯を始め、花子さんは、庭の小さな花壇に野菜の種を植え始めた。

「その種って昨日買ったやつですか？」

僕はせっせと昨日のパンツを洗いながら、種を蒔く花子さんの背中に声をかける。

「うん。ほうれん草。朔ちゃん食べれる？」

「食べれますけど、それ、すぐに育つんですか？」

花子さんが種の入っていたパッケージを見る。

「秋に植えて、冬に収穫できるって書いてある」

「駄目じゃないですか。来週の月曜までしかここにいないのに」

「今はそういうこと言うのなしだよ」

花子さんは、その方法で本当に合っているのか、荒れた土に穴を開けては種を数粒ぱらぱらと入れ、また土を被せていた。僕は家庭菜園のことなんて全然知らないけれど、たぶんそのやり方は違うのだろうという気がしていた。

「ちゃんと花子さんがお世話してくださいね」

僕が言うと、花子さんは振り向いて、にっと笑って頷いた。僕は、あとでほうれん草の種蒔きの仕方を調べようと考えながら、穴の開きかけた靴下を揉(も)んだ。

それからも、僕らは何気ない日々を過ごした。遠出するわけでもなく、特別なことをするわけでもない。近所を散策したり、買い物をしたり、家のことをしたり、何もしなかったり。

僕は、花子さんのしたいことになんでも付き合った。時々世間知らずで常識外れなところがある花子さんをそっと軌道修正する以外は、黙々と従い、ひたすら淡々と過ごした。まったく苦ではなく、むしろこんなことでお金を貰えるなんて罰でも当たるのではと怯(おび)えてしまうほどだ。けれど今のところ天罰が下ることはなく、僕は花子さんと暮らし、花子さんが僕を必要としないときはだいたい部屋でごろごろして、大きなあくびをしていたのだった。

心地いい秋風が部屋に入り込む。

二組の布団を干し終えた僕は、畳の上であおむけになりぼうっとしていた。花子さんは何をしているのだろうか。僕が布団を干そうとしたら、無言で自分の布団を置いていき、そこから姿を見ていない。たぶん、居間か自分の部屋で、今の僕と同じようにぼうっとしているのだろうけれど。

暇だなあと思いながら、スマートフォンを手に取った。ゲームをしようとしたところで、なんとなく思い立ち、ＳＮＳで来島小華と検索した。来月公開予定の新作映画の情報が出てくる。来島小華の次の主演映画だ。家族を皆殺しにされた主人公の復讐(ふくしゅう)劇を描いたサスペンスストーリーで、来島小華の新境地だと早くも話題になっている。

「朔ちゃん、ポテチ食べる？」

花子さんが廊下からひょこりと顔を出した。

「あ、食べます」

「うすしおとコンソメどっちがいい？」

「じゃあコンソメ」

と答えると、花子さんにコンソメ味の袋を渡された。花子さんは畳の上に適当に座り、うすしお味の袋を開ける。あ、ひとりひと袋なんだ、と思いながら、僕も中身を弾けさせないように開封する。

　随分のんきな時間だ。

　花子さんと一緒に過ごすこと自体は、一日目で慣れてしまった。ただ、彼女が来島小華であると思い出すたびに、なんだか変な気持ちになる。

　今目の前にいる花子さんを、僕はさっき、スマートフォンの中で見ていたのだ。根深い恨みを募らせた瞳でこちらを見ていた来島小華と、ポテチを三枚重ねて頰張っている花子さんは、全然違うようでいて、でもやっぱり同じ人間だった。

　本来絶対に関わり合うことのなかった人と、僕は今、一緒にいる。

「ねえ花子さん。一応確認しておきたいんですけど」

　声をかけると、花子さんは唇を舐めながら「ん？」と振り向いた。

「あの、周りの人たちに無断で今ここにいる、とかじゃないですよね」

　僕は、花子さんは訳ありでここに来たのだと思っている。というよりも、訳がないはずがない。とすると、仕事が嫌になって全部投げ出して逃げてきたという可能性も考えられた。そうだとして僕に何ができるわけでもないし、何もする気はないのだけれど、方々に怒られる覚悟みたいなものを決めるために、念のため聞いておきたかった。

「そんなことあるわけないでしょ」

　ぴしゃりと花子さんは言った。わざとらしくため息を吐き、僕の発言に呆れていた。

「随分前からスケジュール調整して、きちんとこの一週間を空けたの。家族もマネージャーも、私がしてることも、この家にいることも知ってる。さすがに賛成は最後まで誰にもされなかったけど」

「あ、そう、ですよね」

「てか朔ちゃん、私のことをそういう人間だって思ってたんだ？」

「そういうわけじゃないんですけど」

　すみません、と謝った。花子さんはもう一度大きなため息を吐いて、僕の袋からポテチを奪った。

「私、自分の我儘（わがまま）で仕事に穴空けるなんてこと絶対にしないから。そういう無責任なの、大嫌いなんだよね」

「偉い、ですね」

「当たり前のことだよ。これでももう十年以上仕事してるし、自分がいなくなればどれだけの人に迷惑がかかるかは自覚してる。そんなこともわからないような、自分の行動に責任持てない人間にはなりたくないの」

「そうですよね。来島小華が急にいなくなったら、大変なことになるだろうから」

花子さんが芸能活動を始めたのは十二歳のときだという。知り合いの勧めで劇団に入り、舞台経験を積んで、十六歳で映画デビューを果たした。そこからは、華のある外見と演技力が評価され、とんとん拍子にスターへの道を駆け上がっていく。

花子さんはまさに、スポットライトを浴びるために生まれてきた人だった。

この世で唯一無二の、何者であろうと彼女の代わりなどいない、特別な人だ。

「すごいなあ。花子さんは、僕とは全然違うんだ」

なかば無意識にそう呟いた。花子さんが眉を寄せる。

「何が？」

「だって、僕は、いついなくなってもいいような人間なので」

「いなくなってもいい？　朔ちゃんが？」

「はい」

卑屈になっているわけではない。単なる変えようのない事実を述べているだけだ。

「まあ、家族にはさすがに大事に思われてますし、いなくなろうとかは全然思ったことないですよ。でも社会にとってはいてもいなくてもなんにも変わらないです。

僕が抜けた穴は、次の日には別の人が埋めてる。僕はいくらでも替えの利く量産品なんですよ」

生きていても死んでも世界になんの影響も及ぼさない。そんな人間であることを自覚している。別にそれを嘆くつもりはないし、わざわざ努力してのし上がろうだなんてことも微塵も思わない。

ただ、もしも花子さんのように特別な才能を持って生まれた非凡な人間だったなら、一体どんな人生になっていただろうかと、小学生の妄想みたいに考えるときもある。その人生がいいか悪いかは、僕にはわからないけれど。

「確かに」と花子さんは言う。

「私は、私にしかできないことがあるってわかってる。私のしてることは、簡単には替えが利かないかもしれない。でも別に、私だってオンリーワンの存在ってわけじゃないよ」

花子さんはぺろりとポテチの粉の付いた指を舐めた。

「本当に特別な人はいると思う。でもそれって、何百年もあとの歴史にだって名前を残すような大天才だけで、無二の才能なんて、ひとつの時代にひとりいるかいないかくらいしか生まれない。あとはみんな、いくらでも替えが利くんだよ。私だって、私だから任せて貰ってる仕事はもちろんあるけど、じゃあ私がいなかったら誰にもできないかって言われたら、そんなことはない。別の役者がやるだけ。それだけだよ」

花子さんが僕を見た。何を考えているのかいまいち読み取れない表情で、僕は言葉を返せず、ぽりぽりとポテチを食べるしかなかった。

花子さんは僕よりも先にポテチを食べ終え、最後に袋から直接口にカスを流し込んでいた。僕はやっぱり花子さんは特別な人間だと思っている。けれど、その品のない姿は確かに、僕との違いなんてないようにも見えるのだった。

◆

花子さんの早朝ランニングには初回以降付いていっていない。想像以上に僕の体力がなかったのを理解してくれたのか、花子さんのほうから「来なくていい」と言ってきたのである。しかしなぜか花子さんは、自分の起きる時間に合わせて僕も無理やり起こした。正直言って、僕はあと三時間は寝ていたいと思っている。なのに花子さんは毎日僕を朝の四時半に目覚めさせる。

「じゃあランニング行ってくるね」

「気を付けて。事故と変態には要注意ですよ」

「はいよ。朔ちゃんも事故と変態とおまわりさんに気を付けて」

「はい。職質されないように気を付けます」

　起こされるのは嫌だが、起きてしまったものは仕方がない。爽やかな花子さんを見送ったあとは、僕も出かけるのが日課になっていた。五キロランニングは無理でも、一キロのウォーキングなら不摂生ニートにだってなんとかできる。早朝の清らかな空気を吸い込みながら、僕はひとり、近所をのんびりと歩いている。

　まだ静かな町の中を散歩していると、何をしたところでただのニートなのは変わらないのに、なんだかものすごくいい人生を送っているな、という気になってくるから不思議だ。朝というものはある種危険な時間だと思う。まるで自分を真人間だと思い込んでしまう。

　でも大丈夫。帰り道に寄るコンビニで、菓子パンやカップラーメンや花子さんのおやつを買い込むことで、ちゃんと「あ、やばい生活してるな」と思い出すことができるから。

「今日もパンとラーメンかあ」

近くに誰もいないのをいいことに堂々と独り言を零してしまった。僕は菓子パンもカップラーメンも大好きだけれど、こう毎日こればかりだと、さすがに美味しい手料理が恋しくなってくる。この日々で、母さんがいつも作ってくれる料理がとても尊いものであることに気づかされた。母さんいつもありがとう。帰ったら感謝の気持ちを伝えよう。

「あら、おはよう」

家の前まで来たとき、ちょうど新聞を取りに出てきた隣の家のおばさんと出くわした。僕は返事をして、へこりと頭を下げる。

「ねえあなた、えっと」

「あ、申し遅れました。仁志と申します」

「仁志さんね。花ちゃんの彼氏？　旦那さん？」

お隣さんは、一緒に暮らしている僕らを恋人同士だと思っているようだ。当然ではある。

ただし、花子さんのためにも、ここはきちんと訂正しておこうと思う。

「えっと、どちらでもないです。僕らはそういう関係じゃなくって」

「あら、ただのお友達？　まあ、最近の若い子は、男女でもそういうのありなのかしらね。多様性の社会だものね。私、頭の固いおばさんにはなりたくないから、理解するわよ」

「あ、はあ。というか、友達でもないんですけど。赤の他人？　なのかな？　いや、違う違う。僕らは友達ってことになってるんだった」

「え？」

「でも、危ない者ではございませんのでご安心ください。花子さんが僕とここにいることも、花子さんのご家族はちゃんと知っていますし。うん、本当に、大丈夫ですから」

あくまで『仁志よろず請負本舗』のスタッフと、と言うだけで、僕という人間の人となりが知られているわけではないけれど。花子さんにとって無害な人間であるということは自信を持って言える。うん。

「ふうん……」

お隣さんはあからさまに不審な目を僕に向けてきた。まあそうだろうな、と僕は思う。

しかし不審がられたままではいろいろと面倒だ。どうしよう、と考えていたら、いいタイミングで花子さんが帰ってきてくれた。

「おーい、朔ちゃん、ただいま」

「おかえりなさい、花子さん」

タオルで汗を拭きながら、花子さんはお隣さんにも挨拶をする。

「おはようございます」

「はい。朝から動かないと、一日調子が出なくて」

「おはよう花ちゃん。ジョギングに行ってたの？」

お隣さんはじっと花子さんを見ている。そして、花ちゃんの様子におかしなところはない、むしろ元気だ、と判断してくれたのか、僕に振り向いて無言で頷いた。

僕もなんとなく頷き返す。何も知らない花子さんだけが、きょとんとした顔で僕らを見ている。

「そうそう、昨日の残りもので悪いんだけど、カレーが余っちゃって冷やしてあるのよ。もしよかったら食べる？」

お隣さんの言葉に、花子さんと僕は揃って笑顔になった。なんてことだ、嬉しすぎる。ここに来て手料理が食べられるなんて。

「ありがとうございます。朔ちゃん、お昼に食べよう」

「はい、そうですね。あ、でもうちレンジ使えないから、温められないじゃないですか」

「あ、そうだった。お米もないし」

一気に上がったテンションが、一気にしゅんと下がった。それを見ていたお隣さんは声を上げて笑う。

「お昼にあっためて持っていくわ。ごはんも炊いてあげる」

僕らはお礼を言い、お隣さんが家に入るのを見送ってから自分の家に帰った。

スーパー銭湯に行き、しばらく家でごろごろしていると、約束どおりにお隣さんがカレーを持ってきてくれたから、ふたりで顔面を蕩(とろ)けさせながら平らげた。

「人の作ったものって、美味しいね」

借りた食器を洗っている僕の横で、花子さんが確かめるように言う。洗剤がハンドソープしかないのが申し訳ないが、洗わずに返すよりはましだと思う。

「そうですね。なんか、たぶん普通のカレーなんだろうけど、めちゃくちゃ美味しく感じました」

「私、ちょっと料理できるようになろうと思ったよ」

「それがいいです。生きるうえで、料理ができていいことはあっても悪いことはないし」

「朔ちゃんも覚えなよ。もしまた一緒に住もうって依頼があったとき、たまに料理作ってあげたら絶対に超喜ばれるよ。チップ貰えるって」

「いや、こんな依頼そうないですけど。でも料理覚えるのはいいかもなあ」

帰ったら母さんに習ってみようか。家の手伝いなんてまずしない僕が「料理教えて」なんて言い出したら、母さんは僕に熱がないか確認しそうだけれど。

「お母さんとかマネージャーとか、お姉ちゃんとか友達とか。考えてみればいろんな人のごはん食べさせてもらってたな。みんな、すごく美味しいの」

僕は水道を止めた。花子さんは、乾いた布巾を僕に渡した。

「私、本当にいろんな人に支えられて生きてるんだなあ」

花子さんがしみじみと呟く。

「ですね。僕もそうだな」

「朔ちゃんはめっちゃいろんな人に頼って生きてそう」

「僕に自分の食器まで洗わせてる人に言われたくないです」

「それはそう」

自覚があるなら、と僕は布巾を花子さんに突き返した。花子さんはむすっと唇を尖らせながらも、しぶしぶ食器を拭き始めた。

◆

花子さんとの一週間は、あっという間に、至って平和に過ぎていく。

何事もなく、僕らは日曜日を迎えた。実質最終日となる今日、花子さんは行きたいところがあると言い、朝から出かける準備をしていた。

「それ、僕も行くやつですか？」

「当たり前じゃん。なんでひとりで留守番できると思ってるわけ？　ちゃんと私の世話してよね。朔ちゃん、保護者でしょ」

「保護者になった覚えはないですけど」

ちょっと歩くから動きやすい服で、と言われ、僕はカーゴパンツに長袖のTシャツを合わせた。花子さんが小声で「ださっ」と言うのが聞こえたけれど、自分のために聞こえなかった振りをした。

花子さんは髪を結んでキャップを被り、薄手のパーカーと、ショートパンツを着ていた。

行き先を教えられないまま、僕らは秋晴れの空の下を変な鼻歌と共に歩いていく。

コンビニでサンドイッチとミルクティーを買い、途中から遊歩道に入って、道に沿って延々と進んだ。犬の散歩をする人がふたり、ランニング中の人が五人、虫を採りにきた親子が一組、かっこいい自転車で走り去る人が三人。旅路ですれ違ったのはそれくらいで、あまり人に会うこともなかった。花子さんのおじさんみたいなくしゃみだって、聞いたのは僕ひとりだけだった。

一時間ほど過ぎたところで、周囲を稲田に囲まれた地域まで辿り着く。田んぼの他には民家が並ぶばかりで特別何かがあるわけでもない。遊歩道に並行して用水路が流れ、畦道(あぜみち)にはおそらく野生だろうコスモスが咲いている。のどかだが、観光するほどには美しくなく、もちろん遊べるようなところもなかった。見る限り、道の先もまだまだこんな景色が続きそうだ。

一体どこまで行く気なんだろう。そろそろ足がだるくなり、内心げんなりしていると、

「あそこ」

と突然花子さんが前方を指し示した。見ると、用水路を挟んだ遊歩道のすぐ脇に、木がもさりと生えた一角があった。小さな公園だろうか。

「え、あそこですか」

「うん」

「あそこが花子さんが目指してた場所？」

「私と朔ちゃんがね。今日の目的地」

向かうと、やはり公園のようだった。けれど遊具はなく、ちょっとした広場みたいなところと、小ぶりな池とガゼボがひと棟建っているだけ。遊べるものもないから子どもなんてひとりもおらず、ガゼボでおじいちゃんがひとり休憩しているのみだった。

「ここ、思い出の場所とかですか？」

遊歩道に向いているベンチに花子さんが座る。僕も隣に腰を下ろす。

「いや別に。おばあちゃんと何回か散歩がてら来たことがあるけど、そんなに思い入れがあるところでもないかな」

「じゃあなんで来たんですか？」

「朔ちゃんとの思い出作ろうと思って。私たち近所しか行ってなかったじゃん。だからちょっと遠出しようと思ったの。で、思いついたのがここだったってだけ」

「はあ」

ベンチからは、誰も通らない遊歩道と、稲穂の揺れる田んぼと、力強い野良コスモスが見えていた。何も楽しいことはないけれど、歩き疲れていたのもあって、そんなに悪い時間ではないなと感じていた。

ウェットティッシュで手を拭いてから、コンビニで買ったサンドイッチを食べる。雲ひとつない晴天、ちょうどいい秋の気温、そして一時間も歩いたあと。ここで食べるサンドイッチが美味しくないわけがなく、僕も花子さんも買いすぎなくらい買ったサンドイッチを瞬く間に食べ終えた。

満腹になったあとは、やはりベンチに座ったまま、ぼうっと益のない時間を過ごした。時折花子さんがよくわからないうんちくを披露したり、僕の子どもの頃のちょっと恥ずかしい話をさせられたり。そんなふうに、日曜の真昼間の時間を使っていく。

「花子さん、今楽しいですか」

こんな過ごし方も悪くない、と思っていた僕は、花子さんも同じ気持ちだったらいいなと思って訊いてみた。花子さんは間髪入れずに「いや全然」と答えた。

「え、そうなんですか……」

「うん。でも思い出作りだからいいの。思い出には残るから」

「思い出作り」

「明日になれば、もう私たち会うこともないだろうし」

花子さんが立ち上がる。

「ねえ朔ちゃん、あれ、少しくらい貰っても怒られないかな」

花子さんは畦道のコスモスを指さしていた。

「誰かが管理してる感じもないし、根こそぎ刈り取るとかじゃなければ大丈夫じゃないですかね」

「そうだよね」

「持って帰るんですか？」

「うん。一本だけ」

ポーチから小さな鋏(はさみ)を取り出し、とくに厳選するでもなく、花子さんは一番手前に生えていた濃い色のコスモスを切った。

「朔ちゃんはどうする？」

訊かれ、別に欲しくはなかったけれど、なんとなく、僕も淡い色の花を一輪持ち帰ることにした。

ティッシュに用水路の水を含ませて切り口に当てる。そして僕らはコスモスを持って、また一時間をかけて家に帰る。

「ねえ花子さん」

帰り道、僕は花子さんに声をかけた。三歩先を歩いていた花子さんは、振り返ることなく「何？」と応えた。

「訊くつもりなかったんですけど、せっかくなので訊いておきます」

「うん」

「どうして花子さんは、この一週間を過ごそうと思ったんですか？」

大金を出し便利屋に相方を依頼してまで、この中途半端な田舎でなんでもない日々を過ごした。その理由は最初から気になっていた。本当は最後まで訊くつもりはなかったけれど、ここに来て知りたくなってしまった。

「ああ、うん、そうだなあ」

花子さんは、ぽつぽつと零すように呟く。

「言いたくなかったら言わなくていいんですけど」

「いや、そういうわけじゃないんだよ。というか、別に語るような深い理由ってのがないんだよね。わりとそういうもんじゃない？」

「ああ、僕も会社辞めるときそうでした」

「ね。なんかそんな意味とかなくって、でもやらなきゃなって思ったんだ」

後ろから来たサイクリストが通り過ぎるのを待つ。ロードバイクの起こす風が、僕のコスモスをしならせる。

「僕は、『来島小華』でいることが嫌になったのかと思ってました」

花子さんはやはり振り返らないし、足も止めない。

「そんなことはないよ。仕事は好きだし誇り持ってるから。私は死ぬまで役者であり続けるし、『来島小華』でい続ける」

ただ、と花子さんは続ける。

「たぶん、これからも『来島小華』でいるために、ただの『土谷花子』でいる時間が必要だったんだと思う。そのために、普段の私を知らない人に、まっさらな目線で今ここにいる私を見ていてほしかった。だから私は朔ちゃんと、この一週間を過ごしたの」

花子さんの肩越しに、ピンクのコスモスがくるくると回っていた。

この一週間、花子さんは何者でもなかった。土谷花子という名前の、どこにでもいるただの人だった。僕と同じだ。

彼女を知るまで、僕は彼女のことをまるで違う生き物であるかのように思っていた。けれど今は、来島小華という女優が——花子さんが、ちょっとずぼらで自分勝手な普通の女の子であることを知っている。

「あ」

家の前まで来たところで、花子さんが声を上げた。道の先を見ているから、僕もつられてそちらを見た。

「え、どうしたんですか。何もありませんけど、おばけでも見たとか言わないですよね」

「写真撮られた」

「え？」

「たぶんプロ。フリーか、どっかの週刊誌の記者だと思う」

「ま、え、やばくないですか？」

今の花子さんはマスクなどしていない。顔ははっきり写ったはずだ。

「花子さんが仕事休んで意味不明なバカンスしてること、書かれちゃいますよ」

「というか、地方で恋人と密会、とか書かれるでしょ。朔ちゃんも撮られてるよ。両目に黒線入れられるやつ」

「え！」

どうしようと大慌ての僕と違い、花子さんは「こんなところまで追いかけてくるなんて熱心だねえ」とさほど気にする様子がない。

「ちょっと、放っておいていいんですか？　来島小華の熱愛報道なんて、出たら大変なことになっちゃいますよ」

「朔ちゃん、自分の週刊誌デビューの心配はしないんだ」

「そりゃ僕なんてただの一般人だし、何も困らないですから。来島小華との写真が載ったところで、それが僕だって気づく人ひとりもいないでしょうし」

「私だって今は一般人だもん。どうでもいいよ。この一週間が終わってから考える」

「ええ？」

　花子さんはさっさと玄関に入ってしまう。僕は門扉をしっかり閉め、玄関の戸も施錠した。掃き出し窓がいつも全開だからこの戸締りはあまり意味がないけれど、まあ気持ちの問題である。

「ねえ朔ちゃん、このコスモス、押し花にしよう」

　念のため僕の部屋から庭も確認していると、花子さんが数冊のぶ厚い本を抱えてやってきた。僕らのコスモスは、僕の部屋の隅っこでくたりとしている。

「そのままだとすぐに枯れちゃうから、押し花にして、お互いの花を記念に持って帰ろう」

「記念に、ですか」

「そうだよ。私はラミネートして栞にする」

記念品だよ、と花子さんは言う。

「朔ちゃんはさ、私のことをテレビとかで見られるから忘れないと思うけど、私はそうはいかないから。私のほうだけきみを忘れちゃうのは薄情でしょ」

「まあ確かに」

「これがあれば忘れないと思うからさ。たぶん」

花子さんは埃を被った本をどさりと畳に置いた。鼻がむずっとして、僕は顔を背けて可愛いくしゃみをした。

「その本、どうしたんですか?」

「この家に元々あったやつ。押し花って一週間くらい挟んでおかなきゃいけないから、一冊は朔ちゃんにあげるね。おばあちゃんのだけど、どうせもう読まないやつだろうし」

「はあ。ありがとうございます」

本の山から一番上の一冊を手に取った。真ん中のページを開き、そこにティッシユペーパーとコスモスを挟む。

「あ、ミヒャエル・エンデだ」

重しにする本を上に置く前に、コスモスを挟んだ本の表紙を見てみた。海外の有名な児童文学だ。

「知ってるの？」

「子どもの頃読んだことがあります。ストーリーは全然覚えてないけど」

「へえ」

花を挟んだ本の上に三冊ずつ本を置き、僕の部屋の隅に並べた。

押し花が完成するのは一週間後。そのときには、僕と花子さんはまるきり他人に戻っている。それどころか、花子さんは僕にとって、また高嶺の花となっている。

二度と会うこともないかもしれない。僕が一方的に彼女の活躍を遠くから眺めるだけ。彼女の目には、僕は映らない。そんな当たり前の日々に戻る。

「花子さんは、僕に自分は特別じゃないって言ったけど、それでも世間は花子さんのことを特別扱いするんですよね」

僕は本の角に付いていた大きな埃をはたいた。

「さっきの記者のこと言ってる？」

「まあ、それも含め」

「仕方ないよ。そういう仕事だし。人に見られてナンボの商売だから」

おじさんみたいな表現をして、花子さんは笑う。

庭を眺めた。花子さんの蒔いたほうれん草の種は、結局芽を出さなかった。あとから正しく蒔き直したから、順調に育っていればそろそろ土から顔を出し始めてもいい頃だけれど。やっぱり駄目だったのだろうか。それともこれから生えるのだろうか。

たとえ生えたとして、僕がそれを知ることはない。

「あのさ」

と、花子さんが言う。

「前は、私は特別じゃないってことを言ったけど、考え方を変えれば、みんな特別ってことでもあるんじゃないかなって思うんだ」

僕は花子さんへ視線を戻した。

花子さんは、僕が見ていた、土ばかりの花壇を見ていた。

「目立つ才能を持った人間がすごいって思いがちだし、実際そういうの持ってればお金にもなるし得もするけど。でも、じゃあ私が朔ちゃんより偉くて優れているかって言ったら、別にそんなことはないんだよね。朔ちゃんだって、私が持ってないものを持ってるんだろうし、私ができないこと、できちゃったりするんだろうし」

「どうでしょう。僕は、本当にたいしたことできないですよ」

「私が間違えてたほうれん草の種蒔き、朔ちゃんはちゃんとやれたじゃん」

「まあ。それくらいですけど」

「それくらいでいいんだって」

花子さんが僕の背中をどんと叩く。それが思いのほか強かったから、前のめりになって噎せてしまった。

自分のせいで咳き込む僕に、花子さんは構いもしない。そういう人だと、僕ももう知っているから、僕だって構わない。

「私の代わりなんていくらでもいるって思ってた。でもさ、自分には価値がないとか、わざわざ思う必要ないよね。ハードルはどれだけ低くたっていいと思う。胸張ってても、猫背になっちゃっててもどっちでもいいし。何がどうあれ、私は私だけなんだから。朔ちゃんとこの家で暮らした土谷花子は、世界で私ひとりだけ」

顔を上げると、花子さんと目が合った。テレビで見る来島小華より、ずっと綺麗だと思った。

「ね、そうでしょう。朔ちゃんも同じ。唯一無二の人だよ」

日差しが柔らかく差し込む窓辺で、花子さんは笑った。

そして僕らの奇妙な同居生活は、終わりを迎えたのだった。

◆

月曜日。僕らは早めに家を出て、喫茶とまり木で朝食をとることにした。ふわふわのフレンチトーストを頬張っていると、花子さんに一冊の本を渡される。昨日、花子さんが押し花を挟んでいた本だ。

「一週間はちゃんと挟んだままにしておいてね。押し花が完成したら、ラミネートして栞にして」

「栞じゃなきゃ駄目ですか」

「私もそうするから」

「わかりました」

僕はスーツケースに本を押し込んだ。ぐしゃぐしゃの着替えの間に入れているのを見て、花子さんはちょっと顔をしかめていたけれど、何も言わなかった。

「私は今日から来島小華に戻るけど、もしもちょっと疲れたら、朔ちゃんのコスモス見て元気出すから。だから朔ちゃんも頑張れ」

花子さんが言う。僕は「はい」と返事をした。

花子さんのスマートフォンが、九時五十九分と時間を表示していた。なんとなく、ふたりとも無言になる。店内の音楽がやけに大きく聞こえた。やがて、時計が十時に変わった。

「一週間お世話になりました。ありがとうございました」

花子さんが頭を下げる。僕も、深々とお辞儀を返した。

あっさりと契約期間が終了し、僕らは喫茶店の外で別れた。僕は、兄ちゃんに報告の電話を入れてから、真っ直ぐ家に帰り、求人サイトを開いた。


後日、某週刊誌に来島小華の熱愛報道の記事が載った。

人気若手女優の初めてのスキャンダルに世間は盛り上がり、様々な情報番組やネットニュースで取り上げられ、SNSでも大きな話題となっていた。

面接から帰宅しテレビを点けると、昼のワイドショーで、前日に行われた来島小華主演映画の舞台挨拶の映像が流れていた。

事前に、映画に関する取材以外は受け付けない、と注意されていたそうだが、マスコミは容赦なく連日の報道の件について来島小華を追及する。

交際は事実ですか。お相手はどんな方ですか。いつからのお付き合いですか。結婚のご予定は。

関係者は必死にその質問を止めようとしていた。だが当の本人は少しも焦る素振りを見せなかった。自らマイクを握り、彼らの疑問にあっさり答える。

「あの報道は真実ではありません。確かにあの写真は私で、隣には男性がいました。けれどあの男性は、恋人でもなければ友人でもありません。手すら繋いだことはありませんし、なんなら個人的な連絡先さえ知りません。じゃあどんな関係かって訊かれたら、赤の他人としか、言いようがないです」

毅然と答える若い女優の姿に、テレビの中の誰もが困惑した表情を浮かべていた。多くの視聴者も彼らと同じ反応をしたことだろう。

けれど僕は彼女に向かい、花束みたいに盛大な拍手を送るのだった。

5話　僕らのとまり木

フィクションみたいな不幸に襲われた。

まずいつもどおりに出勤したら、会社がなくなっていた。平社員には何も告げず倒産し、張り紙一枚をオフィスのドアに貼って、社長が消えていたのだった。

これからどうしよう。こういうとき、まず何をしたらいいのだろう。そう考えながら図書館前のベンチで半日過ごし、夜になってようやく家に帰ると、六年付き合って同棲し、近々結婚の約束もしていた彼女がいなくなっていた。しかも、一緒に買い揃えた家財道具のほとんどを持ち出して。好きな人ができたから別れて、というメモ用紙が一枚、床にはらりと落ちていた。

結婚資金として貯めていた共同預金は通帳ごと消えている。電話をかけたが連絡は付かない。俺は座椅子ひとつが残されたリビングの真ん中で、泣きながら親に電話をした。母さんも父さんも俺に慰めの言葉などひとつもくれず、代わりに、三十過ぎて一体何をやっているのかと、約一時間の説教を食らった。

一体何をやっているのか。そんなの俺のほうが知りたい。一体何をやればこんな不幸が一気に降りかかってくると言うのだろう。善良だったとは言わない。けれど人様に多大な迷惑をかけるような悪行などせず、身を弁えて慎ましやかに生きてきたじゃないか。

それなのに、どうして俺がこんな目に。

がらんとした家で、俺は何もせずに五日間を過ごした。そして六日目の朝、死ぬことを決めた。

もう死のう。それしかない。何をしたってうまくいかないのだ。生きている意味なんてない。

でも、死ぬなら、せめてここよりもっといいところで死にたかった。ちょっとおかしいかもしれないけれど、死ぬという決意をしたら少しだけ生きる気力も湧いてきた。数日振りにシャワーを浴び、髭を剃って服を着替える。そしてサンダルを履き、玄関の鍵も持たないまま、死に場所を求めて外へと出かけた。

目的地はない。どこか死ぬのにぴったりの場所はないかと、ふらふらと辺りを歩いていく。海よりは山のほうがいいだろうか。溺死は苦しいって聞くし。そう考え、山裾を上のほうへと向かっていく。

ふと、通りかかった一軒の喫茶店の前で足を止めた。この辺りには来たことがなかったから、名前も知らない店だった。まだそんなに古くない、お洒落な外観の店だ。看板には『喫茶とまり木』と書いてある。

ちょうど、お客さんがひとり店から出てきた。開いたドアからコーヒーのいい香りが流れてくる。

ズボンのポケットに手を入れると、五百円玉が入っていた。コーヒー一杯くらいならぎりぎり飲めるだろうか。最後に一服するのも悪くないかもしれない。

少し悩んで、結局店に入ることにした。ドアを開けると、カウンターにいた男性店員が爽やかに「いらっしゃいませ」と笑顔を向けてきた。俺はなるべく目を合わせないようにして空いている席に座る。

さっとメニュー表を開くと、さっきの男性店員が水とおしぼりを持ってきた。

「はい、どうぞ」

「あ、どうも。あの、ブレンドコーヒーをひとつ」

「かしこまりました。注文は以上でよろしいでしょうか」

「はい」

と言ったのに、店員は席を離れようとしない。なんなんだとちらりと目を遣ると、なぜか店員がじっと俺の顔を見つめていた。思わずびくりと肩が跳ねる。なんだこいつ、嫌な感じだな。

「何か？」

「あの、もしかして、朝岡(あさおか)くん？」

店員が言う。

「え？」

「朝岡数馬（かずま）くんじゃない？」

「そ、そう、ですけど」

怖い。どうして俺の名前を知っているのだろう。不信感を丸出しにして眉を寄せる俺とは裏腹に、店員はぱあっと華やいだ笑みを浮かべる。

「やっぱり。僕、覚えてないかな。高校のとき同じクラスだった廣瀬春海」

「廣瀬、って」

記憶を探る。高校の、廣瀬。

「あ、二年のとき一緒だった」

「そう。そうそう。よかった、覚えててくれたんだね」

「いや、そっちこそ」

廣瀬春海。思い出してみれば、確かに面影がある。高二の一年間同じクラスだった同級生だ。犬みたいな見た目のとおり中身も人懐っこくて、穏やかな性格の奴だった。

「うわあ、嬉しいな。今も連絡取り合ってる友達以外、同級生が来てくれたのって初めてなんだよ」

「そ、そうなんだ」

廣瀬は俺に会えたことを随分喜んでいるようだ。しかし俺と廣瀬はそこまで親しかったわけでもなく、そのうえ俺は死に場所を求めて彷徨（さまよ）っている最中なのだ、いつかの同級生との再会を、同じように喜べるはずもない。

「あ、ごめんね。コーヒーすぐ作ってくるから」

廣瀬が注文票を持ってカウンターに戻る。見ると、今店にいる店員は廣瀬ひとりのようだった。

「オーナーさん」

他の席にいた客に呼ばれ、廣瀬が返事をする。俺は俯き、荒れた自分の指先を見つめた。

そうか。この店は、廣瀬の店なのか。

廣瀬はオーナーとして自分の店を持ち、今もこうして立派に働いている。なのに俺は仕事も恋人も生きる意味すらも失った。廣瀬とは正反対だ。情けない。こんな惨（みじ）めなことってあるかよ。

一杯飲んだらすぐに店を出よう。

そう決めたところで、廣瀬がコーヒーを持ってきた。

「はいどうぞ。ブレンドコーヒーです」

目の前にカップが置かれる。ほんのかすかに湯気の立ったコーヒーからは、心の波を穏やかにするような優しい香りが湧いている。

ふうっと息を吹きかけて、ひと口コーヒーを飲んだ。さっさと飲み干して出ていくつもりだった。けれど、ひと口、ひと口、味わわないと飲めなくて、半分も飲んだときには、何も見えなくなるくらい泣いてしまっていた。

「あ、朝岡くん？」

廣瀬が驚いて戻ってくる。

「どうしたの？　大丈夫？」

「だ、だい、じょう」

喋れないくらい泣く俺の背中を、廣瀬は優しく撫でてくれた。だから俺はなおさら泣いて、ようやく落ち着いてきたところで、自分の身に起きた不幸を廣瀬に話した。その結果死のうと思っているということだけは伏せて。

「そうだったの。大変だったんだね」

隣に座った廣瀬は、俺の話を親身に聞いてくれた。自分も少し泣きそうな顔になっているくらいだった。どこまでいい奴なのだろうか。俺なら、十年以上会っていなかった同級生がどんなことになっていようが興味はない。突然目の前で号泣し出すようなおかしい奴ならなおのこと、関わり合いたくもないが。

「ねえ、朝岡くんは今、仕事をしてないってことだよね」

話を聞き終えた廣瀬は、いそいそと座り直し、俺と向かい合った。

「そう、だけど」

「あのさ、もしよければなんだけど、うちで働かない？」

俺はまだ涙の浮いている目を見開いた。廣瀬は、眉を八の字にして困ったように笑った。

「実は今、パートさんが腰を痛めて休んでてさ。あと一ヶ月くらい出られないみたいなんだよね。うち他にスタッフいなくて、時々兄に手伝ってもらってたんだけど、もう本当に喫茶店に向いてない人でさ、正直てんやわんやで。だから、パートさんが休みの間だけでいいから、手伝ってもらえると嬉しいんだけど」

どうかな、と廣瀬は言う。できるわけないだろと俺は思った。

俺は今から死ぬんだ。働き口なんて探していない。そもそも、同級生に雇われるだなんて、そんな無様なことできるわけがない。

でも。でも。死のうとしていて、何もかも失って、醜態まで晒して、今さら守るべきプライドなんてあるのだろうか。

いや、そんなものはない。こんな状況で誰にどう思われようが、そんなの知ったことじゃない。だったら最後にちょっとくらい、人の役に立ってもいいかもしれない。

「わかった。やるよ」

答えると、廣瀬は俺の手を取って喜んだ。かくして俺は明日から、喫茶とまり木でアルバイトとして働くことになった。


出勤時間は午前六時。本来は六時半からでいいそうだが、初日だけはいろいろと覚えることがあるからと、少し早めの出勤を指示されていた。

五分前に店に着くと、廣瀬はカウンター内でエプロンを着けて待っていた。早朝とは思えない爽やかさで、客に見せるのとまったく同じ笑顔を向けられた。

「朝岡くん、おはよう」

「おはよう、ございます」

「敬語じゃなくていいよ。僕をオーナーとも呼ばなくていいし、同じスタッフって思って働いてね」

「あ、うん。わかった」

廣瀬のと同じエプロンを渡され、白シャツの上から身に着ける。これだけで、俺でも本当に喫茶店の店員さんに見えてくるから不思議だ。

「うん、よく似合ってる」

「ありがとう、でいいのか？」

「いいんじゃない？　わかんないけど」

俺の仕事は接客全般だ。キッチンはすべて廣瀬が担当するから、廣瀬がそちらに集中できるよう、俺がお客さんの対応をすることになる。

メニュー表は昨日渡され、家でざっと覚えてきた。廣瀬が基本の接客とレジの使い方を教えてくれたから、店が開くまで何度も繰り返し練習した。もちろん最後まで、不安は一切拭えなかった。

そして午前七時に開店する。柔らかな木材で揃えられた内装の店内に、からんとカウベルが響き、ひとつ、またひとつと席がお客さんで埋まっていく。

結論から言うと、俺の初仕事は滅茶苦茶だった。廣瀬の仕事を減らすどころか三倍くらいに増やし、お客さんにも迷惑をかけ、自分でやらかしたことの尻ぬぐいひとつできない始末だった。

それでもとまり木に来るお客さんはなぜか心が広く、ひたすらパニックになっている俺を温かく見守ってくれていた。廣瀬も、忙しいはずなのに常に俺を補助し、そのうえでお客さんへのフォローも決して欠かすことはなかった。

休憩を一時間挟んで午後三時。俺のバイト一日目は、目を回し続けただけで終わってしまった。

「お疲れ様。助かったよ」

カウンター裏で突っ伏していると、廣瀬から声がかかる。

「嘘(うそ)つくな。俺、おまえにもお客さんにも迷惑しかかけてねえよ」

のそりと顔を上げると、廣瀬はコーヒー豆の袋を開けながら笑っていた。

「そりゃ初日だもん。まともに仕事なんてできるわけないよ。今日は流れと雰囲気を知ってもらえればそれでいいって」

「雰囲気も知る余裕なかった気がするわ。もうめちゃくちゃ大変。前の会社の新人研修よりしんどいかも。歳のせいかな」

「そんなにかなあ。慣れれば楽しいはずなんだけど」

俺は立ち上がり、エプロンを脱いでハンガーにかけた。裾のほうがちょっと皺になっていたから、手で引っ張って伸ばした。

「でもとりあえず、明日も来る」

明日もここに、働きにくる。呟くと、廣瀬は嬉しそうに「うん」と言った。

帰りしな、まかないだというホットサンドを持たされた。それを持って店を出て、真っ直ぐに自分の家に帰る。自宅は相変わらずがらんとしていた。彼女も、家具も、貯金も帰ってきていない。俺は座椅子に座り、ほんのりぬるいホットサンドを食べた。食べながら、昨日のように泣いてしまった。

昨日の俺は、死のうとしていた。その気持ちは本気だった。けれどたったの一日で、もう、死ぬつもりなんて少しもなくなってしまっていたのだった。

◆

喫茶とまり木には様々なお客さんが訪れる。

見ていると微笑ましい母娘に、タイプが全然違うのに仲のいい女性ふたり組。店内で静かに読書をしていく男性客なんかもいる。

店ではハンドメイド雑貨の販売をしていて、その作家たちも、男子高校生から七十代のおばあちゃんまでと随分幅が広かった。

　とまり木は決して繁盛しているとは言えない。けれど毎日途切れずお客さんが訪れ、みんなのんびりと自分の時間を過ごし、満足した顔で帰っていく。ＳＮＳ映えするような今時の洒落た店ではないし、他にもよくありそうと言えばありそうな店なのに、どうしてかここは、訪れる人にとって、つい足を運んでしまう不思議な引力のある場所だった。


　とまり木で働き始めて二週間。午後三時までの仕事を終えた俺は、すぐには家に帰らず、客としてコーヒーを飲んでいくことにした。

　エプロンを脱いでカウンターに座り、廣瀬にブレンドコーヒーを注文する。廣瀬は慣れた手つきで豆を挽き、一杯のこだわりのコーヒーを抽出する。

「はい、どうぞ」

「ありがとう」

　俺は廣瀬の淹れるコーヒーが好きだった。まろやかで飲みやすく、何より心の落ち着く香りがする。

「なあ、廣瀬ってなんで喫茶店やろうと思ったの？」

なんとなく思い立って訊ねた。廣瀬は、どこか恥ずかしそうに頭を掻いた。

「子どもの頃からの夢だったんだよ。喫茶店を開くのが」

「じゃあ俺らが知り合ったときにはもう喫茶店やりたいって思ってたわけ？」

「うん。だから高校の頃は近所の純喫茶でバイトしてたし、一回普通に就職したけど、開業の資金貯めるためで、働きながらコーヒーの勉強とかしてた」

「へえ、そうだったんだ。すげえな」

この店をオープンさせたのは六年前だという。そのときの俺たちは二十五歳。その歳で店を持つのは、珍しいとまではいかないが、決して簡単なことではなかっただろう。

「なんか、きっかけとかあるの？　夢になったって言う」

「ああ、まあ、うん」

「なんだよ。歯切れ悪いな」

「まあ、あの。ねえ、お客さんたちには内緒にしてね。恥ずかしいから」

首を傾げながらも「ああ」と答えると、廣瀬はぽつぽつと話し始めた。

「僕ね、小学四年生のときに好きな女の子がいたんだ。エリカちゃんって名前の子で。初恋だったんだけど、その子のことを好きなんだって気づいたのは、その子が転校していなくなったあとだった」

　廣瀬は食器を洗っていた。俺はコーヒーに角砂糖をひとつ入れた。

「エリカちゃんはちょっと家庭環境が複雑で、学校にも馴染めてなかったんだ。だから僕もほとんどまともに話したことなくてさ」

「コミュ強の廣瀬が？」

「ふふ、そうなんだよ。昔から人見知りなんてしなかったのに、その子にはなかなか話しかけられなかったんだよね」

「ふうん。想像つかねえな」

「それでね、その子は家でも学校でも寂しい思いをしていたんだけど。唯一心の拠り所にしていた場所があったんだ。それが、その子の家の近くにあった喫茶店」

　偶然にもその子が喫茶店にいるのを見かけた廣瀬は、最初は外からこっそり見ていただけだった。しかし店の人に見つかったことで店内に入り、エリカちゃんと話をするきっかけが生まれたという。

「でも僕はね、結局エリカちゃんのために何もしてあげられなかった。だから、あのとき何もできなかった代わりに、あの子みたいに居場所がない人とか、ちょっとだけ毎日に疲れちゃった人が、羽を休められる場所を作りたいって思ったんだ」

それが、この喫茶とまり木。

なんの理由もなくても、何か理由があっても、誰でも少しだけ羽を休め、ゆっくり呼吸ができる場所。たぶん、俺にとってもそうだった。生きることにすら疲れた俺は、今ここで、ぼろぼろになった羽を休めている。

「その女の子って、今どうしてんの?」

「さあねえ、わからない。転校したきり会ってないし、どこに引っ越したのかも知らないから」

「そっかあ」

「でも、どこかで元気にやってればいいなって思ってる」

きゅっと音を立てて蛇口が閉まる。俺は、店自慢のコーヒーをこくりと飲む。

「おまえさ、さては今もその子のこと好きだったりする?」

上目で見上げながら言うと、廣瀬はまさか、と手を振った。

「小学生の頃の話だよ。もうとっくにただの思い出だって」

「本当かあ?」

「当たり前でしょ。さすがにそこまでピュアじゃないよ」

「そうかなあ」

「ああでも」

と廣瀬は続ける。

「大人になってからできた恋人よりも、エリカちゃんのほうがはっきりと思い出せるのは確かかも」

「へえ……」

「あ、ねえちょっと、もしかして僕今、結構気持ち悪い？」

「いやいいんだよ。男ってのはそういうもんだから。大事な思い出は捨てきれずにずっと大事にしちまうもんなんだ」

俺は身を乗り出して廣瀬の肩をぽんと叩いた。廣瀬は複雑そうな顔をしながら、食器を布巾で拭き始めた。

店にはお客さんが数組いる。それぞれ、各々の時間を過ごしている。この店で、柔らかな香りのコーヒーをお供にしながら。

「あのさ、実は俺、初めてこの店に来た日、死のうと思ってたんだよ」

廣瀬が手を止めないまま目を向けた。

俺は、コーヒーカップをソーサーの上に置いた。

「いろいろあったことは話したろ。それが辛くて、もう生きてる意味ないって思ってさ。今思うと馬鹿馬鹿しいけどな。でもあのときは本気だった。もしもこの店に入らなかったら……この店がなかったら、本当に死んでたかもしれない」

あの日、この店の前を通って、最後にコーヒーを飲もうと思った。そして廣瀬に再会した。不思議なものだ。『喫茶とまり木』は、廣瀬が昔同級生に恋をしたことがきっかけとなり生まれた店。つまりは小学生の初恋が、今、俺を生かしているということになるのだから。

すべてはただの偶然だ。でも俺は、少し恥ずかしいけれど、奇跡ってこういうことなのかもしれないと思っている。

「実は僕、それ知ってた」

廣瀬がぽつりと言った。俺は「え」と調子外れの声を上げた。

「知ってたって？」

「死ぬ気だったこと」

「は？」

「だって朝岡くん、あのとき今にも死にそうな顔してたんだもん。僕が内心めちゃくちゃ焦ってたの気づいてない？」

「いやまさか。だって俺、自分のことでいっぱいいっぱいだったから」

「だよね。だから僕、このまま朝岡くんを帰したら絶対死んじゃうと思って、どうしたらいいだろうって考えてさ」

そして俺を店に誘ったのだと廣瀬は白状する。

「人手が欲しかったのは本当だけどね。だから朝岡くんが入ってくれて助かった」

「まじか。いや、なんかごめん」

「はは、朝岡くんが元気になってくれて何よりだよ」

「うん。ありがと」

正直に言うと恥ずかしすぎて、穴があれば今すぐ飛び込みたいくらいだった。でも、廣瀬も俺に恥ずかしい初恋の話をしたのだから、ここはどっこいどっこいとしようじゃないか。

「些細なことで、人生って変わるもんなんだな」

大きくは変わらなくても、向く方向の角度がたった一度変わるだけで、進む先はまったく違う場所になる。何が起こるかはわからない。予想もつかないことが、この先まだまだ、起こるかもしれない。

「そうだね」

廣瀬は柔らかく笑った。俺は残りのコーヒーを一気飲みして、もう一杯おかわりを頼んだ。

その翌日から、俺の退勤時間は閉店の十九時までとなった。出勤時間は変わらないのだが、俺から廣瀬にお願いし、働く時間を延長してもらったのだ。延長分のバイト代はいらない、その代わり、コーヒーの淹れ方を教えてほしいと頼んだ。廣瀬が了承したことで、俺は店で働きつつ、空いた時間に、廣瀬からコーヒーのノウハウを学ぶようになった。

少しずつ接客にも慣れ、常連さんと話もできるようになってきた。この店に馴染んできたかもと思い始めた頃、ひとりの女性がとまり木へとやってきた。

「オーナー、ご無沙汰です」

恰幅(かっぷく)のいい五十代くらいの女性だ。その人は店に入ってくるなり廣瀬を呼んで、クリームパンみたいな右手を上げた。

「あ、松山(まつやま)さん。もう腰大丈夫なんですか？」

「はい、おかげさまで。だいぶよくなりました。そろそろ復帰できそうです」

「そう、よかった。でも無理はしないでくださいね」

女性は店にいた常連客とも挨拶を交わしていた。どうやらこの人が、腰を痛めて休んでいるというパート従業員のようだ。

はっと気づいた廣瀬が、俺にもきちんと紹介してくれた。松山さんのほうは廣瀬から俺のことを聞かされていたようで、あなたが来てくれて安心した、ありがとう、と何度もお礼を言われてしまった。

「松山さん、あとどれくらいで戻ってこられそうですか」

廣瀬の問いに「一週間で戻れます」と松山さんは答える。

俺は松山さんのピンチヒッターだから、彼女が戻ってきたら俺は店を辞める。つまり、このとまり木で働けるのは、あと一週間ということになる。

寂しい気持ちはあった。せっかく仕事を覚え、お客さんとも仲良くなれてきたところなのに。

でも初めから期間限定のつもりだったし、先日から新しい仕事も探し始めた。寂しいけれど、後ろ向きにはならない。

俺がここを辞めるそのときは、きっと、羽を休め終わりふたたび飛び立つ日なのだろう。

あっという間に日々は過ぎた。俺が喫茶とまり木で働き始めて、ちょうど一ヶ月が経った日だった。

◆

今日が、ここで働く最後の日になる。そのことは誰にも言っていなかったはずなのに、なぜか常連さんの多くが知っていて、みんな俺の顔を見るためにとわざわざやってきてくれた。

「あの、ありがとうございます。ちょっとの間だけだったのに、なんかすみません」

あまりにも短い期間だった。けれど濃く、十分に満たされた日々だった。

「朝岡くん、これからどうするの？」

常連のひとりに訊かれ、俺は「就職先が見つかったので」と素直に答えた。先日面接した会社に採用され、来週から研修を受けることになったのだ。前の会社でのスキルを活かせる場所だし、給料面も悪くない。ここでうまくやっていければと思える会社だ。

「え、待って朝岡くん、就職するの？」

廣瀬がなぜか驚いている。

「そりゃするよ。働かなきゃ生きていけないし」

「いや、そうだけど。喫茶店開くんじゃなかったの？」

「え？」

お互い目を丸くした。廣瀬が「だって」と呟く。

「コーヒーの淹れ方を勉強してたから、てっきり喫茶店やるつもりなのかと」

尻すぼみに言う廣瀬に、俺は三回瞬きしてから大笑いした。やけに熱心に教えてくれるなと思っていたら、なるほど、廣瀬はそんなつもりで俺にコーヒーのいろはを伝授してくれていたのか。

「いや、店をやるにはまだまだ修業が足らないし、それに俺は貯金も全然ないから、さすがに無理だよ」

「そっかあ。そうだよね」

「でも、今じゃなくても、いつかはここみたいな喫茶店を開くのもいいかもしれないな」

廣瀬が、誰かに羽を休めてもらうために作ったこの店のように。

どこにいたって息がしづらいと思っている人が、ほっとひと息ついて、ゆっくり自分のことを考えられるような場所を作れたらいいと思う。俺がそうだったように、もしかしたらその場所が、誰かの日々を変えるかもしれないから。

「うん。そのときは手伝いに行くから呼んで」

廣瀬が笑った。俺も同じように、満面で笑った。

午後三時直前。最後の仕事として、店の前のプランターに水をあげていた。プランターには廣瀬が大事に育てている植物が植えられている。名前は知らないけれど、白やピンクの小さな花がたくさん咲いている、個性的な見た目の植物だ。

じょうろから水を降らせながら、窓越しに店内を覗いた。集まった常連客たちで賑わう店は、平日の昼間の光景とはとても思えない繁盛っぷりを見せていた。

ふと、足音がして振り返る。店のドアの前にひとりの女性が立っていた。俺と同年代くらいだろうか、素敵な柄のロングスカートをはいている、肩で切り揃えた髪が綺麗な人だった。

外から店内を覗いていた女性は、少し不安げな顔を俺に向けた。

「あの、もしかして満席ですか？」

「あ、いえいえ。カウンター席でも大丈夫でしたら」

「はい。大丈夫です」

　俺はじょうろを置き、ドアを開けて女性を手招く。

「どうぞ、こちらです」

　常連客でほとんど埋まっていたが、カウンターの中央の席だけ空いていた。廣瀬はバックヤードに入っているのか姿が見えない。俺は女性を案内し、メニュー表を差し出した。

　女性はくるりと首を回して、店内を見渡している。

「人気のお店なんですね。私、最近こっちに転勤で越してきまして、新しい上司にここをおすすめされて来たんですけど、もうちょっと静かだって聞いていたから驚きました」

「すみません。いつもは静かなんですけど、今日は特別混んでいまして」

「ふふ、賑やかなのも好きなので大丈夫です」

　女性はメニューをひととおり眺めてから、ブレンドコーヒーとカスタードプリンを頼んだ。俺は注文票に品名を書いて、カウンターの奥に呼びかける。

「廣瀬、注文入った。ブレンドコーヒーとカスタードプリン」

「はあい」

奥で作業をしていた廣瀬が出てくる。新しいお客さんに、廣瀬はいつもどおりの表情で「いらっしゃいませ」と声をかける。

すると、女性の目が大きく見開かれた。

「春海くん？」

と、女性が廣瀬の名前を呼ぶ。

廣瀬は一瞬きょとんとしていた。けれど少しずつ彼女と同じように目を見開き、何かを言いかけるように唇も開いて、ゆっくりと、肩で息をする。

ふたりの表情が、お互い溶かし合うように柔らかなものへと変わっていくのを、俺は黙って見ていた。

ふたりとももう気づいているのだろう。だって俺ですら、この奇跡に気づいている。

「エリカちゃん」

はにかみながら、廣瀬がその名を呼んだから。

俺は思わず、泣いてしまった。

あとがき

『喫茶とまり木で待ち合わせ』をお手に取っていただき、ありがとうございます。

本作は二〇二二年に単行本として出版されました。当時、私としては初めての単行本刊行となりまして、執筆の際、自分らしく、それでいて私にとって新しい一歩となる作品にしようと考えました。

デビュー作から十代向けの青春小説を書き続けてきました。その後、作家としての幅を広げたいと違うジャンルにも挑戦し、物語を楽しく綴ってきたのですが、自分に付いた「恋愛・青春小説作家」という固まったイメージをなかなか拭うことができず、それがだんだんと私の背に重たいものとして圧しかかるようになってしまいました。

これまでの作品を大事にし続けてくださる読者さんも変わらず大切にしたい。同時に、今まで私の作品を知らなかった方々にも物語を届けたい、出会ってもらいたい。作家として新しい場所に行けるような一冊を出したい。私のそんな想いが、この作品のはじまりでした。

本作の執筆時、新型コロナウイルス感染症の流行により、それまでの日常が大きく変化し、当たり前のことが当たり前でなくなる息苦しい日々を世界中が送っていました。心が疲れ果ててしまった人があまりにもたくさんいたのです。だから、せめて物語の中では、ほんの小さなことでも健気に悩み、ささやかな日常を慈しみ、ほっと息を吐けるような世界を届けたいと思いました。

私自身の背を押すための希望。そして、この作品に出会ってくれる人たちに寄り添うための希望。それらを寄せ合わせた作品が『喫茶とまり木で待ち合わせ』です。

読者の皆様に届けられたかどうかは、おひとりおひとりに聞いて回らなければわかりませんが、少なくとも私が自分のためにこの作品に込めたものは叶えられたと感じております。多くの読者様に出会え、また、その後に執筆した作品やこれから書く作品にも大きな影響を与えてくれました。とても小さな小さな一歩ですが、それでも確実に前に進めたかも、と自分自身を評価しております。

そんなふうに、私にとって特別な一作とも言える本作が、このたび文庫という形で刊行されることとなりました。文庫化に際し大きく手を加えたところはありませんが、細かいところを手入れしておりますので、単行本とはちょっと違った読み心地になっていると思います。
また、文庫版のカバーは単行本と同じく、イラストを西淑さん、デザインを西村弘美さんにご担当していただきました。どこか懐かしくキュートで、大切に手元に置いておきたくなるような可愛いカバーに仕上げてくださいました。ぜひじっくりご覧ください。

あらためまして、ここまで読んでくださり本当にありがとうございました。
またどこかでお会いできますように。

二〇二四年 十月吉日

沖田 円

二〇二二年九月　小社刊

本作品はフィクションです。実在の個人、団体とは一切関係ありません。（編集部）

実業之日本社文庫　最新刊

喫茶とまり木で待ち合わせ
沖田円

生き方に迷ったら、街の片隅の「喫茶とまり木」へ疲れた羽を休めに来て――。不器用な心を救う、ヒューマンドラマの名手・沖田円の渾身作、待望の文庫化!!

お114

おもいで料理きく屋　なみだ飯
倉阪鬼一郎

亡き大切な人との「おもいで料理」が評判の「きく屋」。ある日、職人の治平が料理を注文するため訪れる。その仔細を聞くと……。感涙必至、江戸人情物語！

く415

星々たち　新装版
桜木紫乃

いびつでもかなしくても、生きてゆく――。北の大地を彷徨う塚本千春と、彼女にかかわる人々の闇と光を炙り出す珠玉の九編。（解説／新井見枝香）

さ52

極道刑事　凌辱の荒野
沢里裕二

吉原のソープ嬢が攫われた。彼女は総理大臣の娘だった。一方、人気女性コメンテーターも姿を消した。事件の裏には悪徳政治団体の影が…。極道刑事が挑む！

さ321

廃遊園地の殺人
斜線堂有紀

失われた夢の国へようこそ。巨大すぎるクローズドサークルで起こる、連続殺人の謎を解け！　廃墟×本格ミステリ！　衝撃の全編リライト&文庫版あとがき収録。

し111

実業之日本社文庫 お11 4

喫茶とまり木で待ち合わせ

2024年10月15日　初版第1刷発行

著　者　沖田 円

発行者　岩野裕一
発行所　株式会社実業之日本社
〒107-0062　東京都港区南青山6-6-22 emergence 2
電話 [編集]03(6809)0473 [販売]03(6809)0495
ホームページ　https://www.j-n.co.jp/
DTP　ラッシュ
印刷所　大日本印刷株式会社
製本所　大日本印刷株式会社

フォーマットデザイン　鈴木正道(Suzuki Design)

ISBN978-4-408-55908-7（第二文芸）